U0600473

珍惜每一个被爱需要的机会

生活
来来往往

别等
来日方长

史铁生 等著

LIFE
WON'T
WAIT

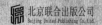
北京联合出版公司
Beijing United Publishing Co.,Ltd.

图书在版编目（CIP）数据

生活来来往往　别等来日方长 / 史铁生等著. -- 北京：北京联合出版公司，2023.11（2024.9重印）

ISBN 978-7-5596-7224-7

Ⅰ. ①生… Ⅱ. ①史… Ⅲ. ①散文集 – 中国 Ⅳ. ①I26

中国国家版本馆CIP数据核字(2023)第173573号

生活来来往往　别等来日方长

作　　者：史铁生 等
出 品 人：赵红仕
责任编辑：徐　樟
封面设计：东合社·安宁

北京联合出版公司出版
（北京市西城区德外大街83号楼9层　100088）
北京时代华语国际传媒股份有限公司发行
唐山富达印务有限公司印刷　新华书店经销
字数180千字　880毫米×1230毫米　1/32　8印张
2023年11月第1版　2024年9月第8次印刷
ISBN 978-7-5596-7224-7
定价：52.00元

版权所有，侵权必究

未经书面许可，不得以任何方式转载、复制、翻印本书部分或全部内容。
本书若有质量问题，请与本公司图书销售中心联系调换。电话：010-63783806

你给我
削瓜
我给你打扇

子恺画

　　人，即使活到八九十岁，有母亲便可以多少还有点孩子气。失了慈母便像花插在瓶子里，虽然还有色有香，却失去了根。有母亲的人，心里是安定的。

——老舍

新阿大
舊阿二
破阿三
補阿四

子愷畫

　　我怕肥皂水流到眼里，我怕痒，总是躲躲闪闪，总是格格的笑个不住，母亲没有功夫和我们纠缠，随手一巴掌打在身上，边洗边打边笑。……如今想想，一个人能有多少时间可以偎在母亲身旁？

——梁实秋

临水种桃知有意
一株当作两株看

子恺

有一回我上街去，回来的时候，楼下厨房的大方窗开着，并排地挨着她们母子三个；三张脸都带着天真微笑地向着我。……无论怎么冷，大风大雪，想到这些，我心上总是温暖的。

——朱自清

儿童未解供耕织也傍桑阴学种瓜　子恺画

我的理想家庭要有七间小平房，……院子必须很大,靠墙有几株小果木树。……屋中至少有一只花猫，院中至少也有一两盆金鱼；小树上悬着小笼，二三绿蝈蝈随意地鸣着。

——老舍

相逢意氣為君飲 繫馬高樓垂柳邊

子愷畫

我所以说朋友是奢华；"相知"是宝贝，但得拿真性情的血本去换，去拼。
——徐志摩

江春不肯留行客
草色青青送马蹄

子恺

我不愿送人，亦不愿人送我，对于自己真正舍不得离开的人，离别的那一刹那像是开刀，……所以离别的苦痛最好避免。一个朋友说，你走，我不送你，你来，无论多大风多大雨，我要去接你。我最赏识那种心情。

——梁实秋

嘈嘈一声山月高

子恺

有人跟我说，曾去地坛找我，或看了那一篇《我与地坛》去那儿寻找安静。……我想，那就不必再去地坛寻找安静，莫如在安静中寻找地坛。……我已不在地坛，地坛在我。

——史铁生

迓老送童画 廣洽法師 教賞

良朋咸集 歡度兒童節
天氣團和人快活
個、奧高彩烈 唱歌拍手踊中
餅果糖果香濃
邀請公、到廳 祝他迓老送童

子愷畫贈
[印章]

哪样的生活可以叫做新生活呢？我想来想去，只有一句话。新生活就是有意思的生活。

——胡适

目 录

第一辑
把自己安顿在烟火岁月里，好好活

对于人，什么最可爱呢？是生活。因为我们的一切欢乐，我们的一切幸福，我们的一切希望，只与生活关联。我们向往的生活，不过就是父母在旁，妻儿在侧，美食在锅，好友想念，不问明天。

有人跟我说，曾去地坛找我，或看了那一篇《我与地坛》去那儿寻找安静。……我想，那就不必再去地坛寻找安静，莫如在安静中寻找地坛。……我已不在地坛，地坛在我。

也许是因为人缺了什么就更喜欢什么吧，我的两条腿一动不能动，却是个体育迷。……其实我是第二喜欢足球，第三喜欢文学，第一喜欢田径。

我的理想家庭　老舍 —————— 011

我的理想家庭要有七间小平房，……院子必须很大，靠墙有几株小果木树。……屋中至少有一只花猫，院中至少也有一两盆金鱼；小树上悬着小笼，二三绿蝈蝈随意地鸣着。

故乡的四月　张恨水 —————— 014

金银花伸着黄白的鸡爪，菜油灯光里，吐出兰花的香味。窗子外池塘里，三五头青蛙，敲着小卜咚鼓儿，和那菜地里的新虫声，吱吱儿和唱，孟夏夜之歌，自然地在唱奏了。

忆儿时　丰子恺 —————— 018

现在回想那时候，半条蟹腿肉要过两大口饭，这滋味真好！自父亲死了以后，我不曾再尝这种好滋味。现在，我已经自己做父亲，况且已经茹素，当然永远不会再尝这滋味了。唉！儿时欢乐，何等使我神往！

冬天　朱自清 —————— 024

有一回我上街去，回来的时候，楼下厨房的大方窗开着，并排地挨着她们母子三个；三张脸都带着天真微笑地向着我。……无论怎么冷，大风大雪，想到这些，我心上总是温暖的。

第一辑
你的用心和趣味，
总有人会惦记

我昨天遇到一个人，感觉非常有意思，印象深刻。但后来再也碰不上了，人生就是这样。我们心里珍视的东西都是有重量的，带着这份重量前行的人总是幸福的。

对了，我记得她的眼。这对眼睛替我看守着爱情。当我忙得忘了许多事，甚至于忘了她，这两只眼会忽然在一朵云中，或一汪水里，或一瓣花上，或一线光中，轻轻的一闪，像归燕的翅儿，只须一闪，我便感到无限的春光。

我有一位沉默寡言的朋友。有一回他来看我，嘴边绽出微笑，我知道那就是相见礼，我肃客入座，他欣然就席。……二人默对，不交一语，壁上的时钟的答的答的声音特别响。……现在想找真正懂得沉默的朋友，也不容易了。

　　我常常招待朋友，在菊花丛中，喝一壶清茶谈天。有时，也来二两白干，闹个菊花锅子，这吃的花瓣，就是我自己培养的。

　　仿吾一个人在回廊上究竟坐到了什么时候才睡？他一个人坐在那深夜黑暗的回廊上，究竟想了些什么？第二天早晨，天还未亮的时候，他站在我的帐外，轻轻地叫我说："达夫！你不要起来，我走了。"

　　秋心你只知道情人的失恋是可悲哀，你还不晓得夫妇中间失恋的痛苦。最苦的是那一种结婚后二人爱情渐渐不知不觉间淡下去。心中总是感到从前的梦的有点不能实现，而一方面对"爱情"也有些麻木不仁起来。这种肺病的失恋是等于受凌迟刑。挨这种苦的人，精神天天痿痹下去，生活力也一层一层沉到零的地位。这种精神的死亡才是天地间惟一的惨剧。也就因为这种惨剧旁人看不出来，有时连自己都不大明白，所以比别的要惨苦得多。

第四辑
爱需要回应，陪伴才是最长情的告白

把手放在你的手里，说一点又旧又暖的事，模糊断续，像老唱片。有时候，说着就睡着了。要是我们两人一同在雨声里做梦，那境界是如何不同；或者一同在雨声里失眠，那也是何等有味。

要是世上只有我们两个人多么好，我一定要把你欺负得哭不出来。

平淡得乏味，你总不肯跟我吵吵架儿。连烦恼都没有寻处，简直活不了。祝你不安静。

我不想就睡。因为梦无凭据，与其等候梦中见你，还不如光着眼睛想你较好！……我本来身体很疲倦，应得睡了，但想着你，心里却十分清醒。

喂，你怎么了，我的乖？我好担心你，我怕你有什么不适。你如果有什么不愉快，一定是直接地或间接地与我有关，你想我心里该是如何地难过！有一次你来信说"心情开朗"，我喜欢得心花怒放，如今你说"精神恍惚"，我又一下子坠入了阴霾。

这在恋中人的心境真是每分钟变样，绝对的不可测度。昨天那样的受罪，今儿又这般的上天，多大的分别！……眉，你内助我，我要向外打仗去！

摩！我今天很运气能够遇着你，在我不认识你以前，我的思想，我的观念，也同她们一样，我也是一样的没有勇气，……做人为什么不轰轰烈烈的做一番呢？我愿意从此跟你往高处飞，往明处走，永远再不自暴自弃了。

我寄你的信，总要送往邮局，不喜欢放在街边的绿色邮筒中，我总疑心那里会慢一点。然而也不喜欢托人带出去，我就将信藏在衣袋内，说是散步，慢慢的走出去，明知道这绝不是什么秘密事，但自然而然的好像觉得含有什么秘密性似的。

意映卿卿如晤：吾今以此书与汝永别矣！吾作此书时，尚是世中一人；汝看此书时，吾已成为阴间一鬼。吾作此书，泪珠和笔墨齐下……

第五辑
生活总是来来往往，
千万别等来日方长

后来才知道，人生中大部分告别是悄无生息的，原来某天的相见，竟是最后一面。我们总以为来日方长，却不知这世间有太多遗憾来不及收场。

我后悔，我真后悔，我千不该万不该离开了母亲。世界上无论什么名誉、什么地位、什么幸福、什么尊荣，都比不上待在母亲身边，即使她一个字也不识，即使整天吃"红的"。这就是我的"永久的悔"。

有话说不出是苦；说出来没有人听，更苦。有信不能投递是不幸，递而递不到，更不幸。这样的苦与不幸，稍有人间经验底人没有一个不尝过。

妈能听儿解劝，则第一要事就该自己当心养息，儿等在外做事，但盼家信来说爱亲身体安健，心怀舒畅，如得消息不安或不快，则儿等立即感受忧愁，不能安心做事矣。

第六辑
四季是时间的礼物，这个世界美好至极

春有百花秋有月，夏有凉风冬有雪。你看，这个世界美好至极。总有一天你会明白，能治愈你的，从来都不是时间，而是心里的那股释怀和淡然，时间从来不语，却回答了所有的问题。

天中的云雀，林中的金莺，都鼓起它们的舌簧。轻风把它们的声音挤成一片，分送给山中各样有耳无耳的生物。桃花听得入神，禁不住落了几点粉泪，一片一片凝在地上。小草花听得大醉，也和着声音的节拍一会倒，一会起，没有镇定的时候。

你悠闲地坐在西湖船里，远望湖边楼台亭阁，或者精巧玲珑，或者金碧辉煌，掩映出没于杨柳桃花之中，青山绿水之间。这光景多么美丽，真好比"海上仙山"！

你若向人提起扬州这个名字，他会点头或摇头说：好地方！好地方！特别是没去过扬州而念过些唐诗的人，在他心里，扬州真像蜃楼海市一般美丽。

第七辑 向云端出发，慢慢地一切都会好起来

向云端：那是最初的自己；山那边：那是勇敢的自己；海里面：那是自由的自己；日落间：那是生活的自己。照顾好自己的身体和情绪，人生就已经赢了一大半。其余的其余，老天自有安排。

把自己安顿在烟火岁月里，
好好活

　　对于人，什么最可爱呢？是生活。因为我们的一切欢乐，我们的一切幸福，我们的一切希望，只与生活关联。我们向往的生活，不过就是父母在旁，妻儿在侧，美食在锅，好友想念，不问明天。

想念地坛

史铁生

想念地坛，主要是想念它的安静。

坐在那园子里，坐在不管它的哪一个角落，任何地方，喧嚣都在远处。近旁只有荒藤老树，只有栖居了鸟儿的废殿颓檐、长满了野草的残墙断壁，暮鸦吵闹着归来，雨燕盘桓吟唱，风过檐铃，雨落空林，蜂飞蝶舞，草动虫鸣……四季的歌咏此起彼伏从不间断。地坛的安静并非无声。

有一天大雾迷漫，世界缩小到只剩了园中的一棵老树。有一天春光浩荡，草地上的野花铺铺展展开得让人心惊。有一天漫天飞雪，园中堆银砌玉，有如一座晶莹的迷宫。有一天大雨滂沱，忽而云开，太阳轰轰烈烈，满天满地都是它的威光。数不尽的那些日子里，那些年月，地坛应该记得，有一个人，摇了轮椅，一次次走来，逃也似的投靠这一处静地。

一进园门，心便安稳。有一条界线似的，迈过它，只要一迈过它便有清纯之气扑来，悠远、浑厚。于是时间也似放慢了速度，就好比电影中的慢镜头，人便不那么慌张了，可以放下心来把你的每一个动作都看看清楚，每一丝风飞叶动，每一缕愤懑和妄想，盼念与惶茫，总之把你所有的心绪都看看明白。

因而地坛的安静，也不是与世隔离。

那安静，如今想来，是由于四周和心中的荒旷。一个无措的灵魂，不期而至竟仿佛走回到生命的起点。

记得我在那园中成年累月地走，在那儿呆坐，张望，暗自地祈求或怨叹，在那儿睡了又醒，醒了看几页书……然后在那儿想："好吧好吧，我看你还能怎样！"这念头不觉出声，如空谷回音。

谁？谁还能怎样？我，我自己。

我常看那个轮椅上的人，和轮椅下他的影子，心说我怎么会是他呢？怎么会和他一块儿坐在了这儿？我仔细看他，看他究竟有什么倒霉的特点，或还将有什么不幸的征兆，想看看他终于怎样去死，赴死之途莫非还有绝路？那日何日？我记得忽然我有了一种放弃的心情，仿佛我已经消失，已经不在，惟一缕轻魂在园中游荡，刹那间清风朗月，如沐慈悲。于是乎我听见了那恒久而辽阔的安静。恒久，辽阔，但非死寂，那中间确有如林语堂所说的，一种"温柔的声音，同时也是强迫的声音"。

我记得于是我铺开一张纸，觉得确乎有些什么东西最好是写下来。那日何日？但我一直记得那份忽临的轻松和快慰，也不考虑词句，也不过问技巧，也不以为能拿它去派什么用场，只是写，只是看有些路单靠腿（轮椅）去走明显是不够。写，真是个办法，是条条绝路之后的一条路。

只是多年以后我才在书上读到了一种说法：写作的零度。

《写作的零度》，其汉译本实在是有些磕磕绊绊，一些段落只好猜读，或难免还有误解。我不是学者，读不了罗兰·巴特的法文原著应当不算是玩忽职守。是这题目先就吸引了我，这五个字，已经契合了我的心意。在我想，写作的零度即生命的起点，写作由之出发的地方即生命之固有的疑难，写作之终于的寻求，即灵魂最初的眺望。譬如那一条蛇的诱惑，以及生命自古而今对意义不息的询问。譬如那两片无花果叶的遮蔽，以及人类以爱情的名义、自古而今的相互寻找。

譬如上帝对亚当和夏娃的惩罚，以及万千心魂自古而今所祈盼着的团圆。

"写作的零度"，当然不是说清高到不必理睬纷繁的实际生活，洁癖到把变迁的历史虚无得干净，只在形而上寻求生命的解答。不是的。但生活的谜面变化多端，谜底却似亘古不变，缤纷错乱的现实之网终难免编织进四顾迷茫，从而编织到形而上的询问。人太容易在实际中走失，驻足于路上的奇观美景而忘了原本是要去哪儿，倘此时灵机一闪，笑遇荒诞，恍然间记起了比如说罗伯 - 格里耶的"去年在马里昂巴"，比如说贝克特的"等待戈多"，那便是回归了"零度"，重新过问生命的意义。零度，这个词真用得好，我愿意它不期然地还有着如下两种意思：一是说生命本无意义，零嘛，本来什么都没有；二是说，可平白无故地生命他来了，是何用意？虚位以待，来向你要求意义。一个生命的诞生，便是一次对意义的要求。荒诞感，正就是这样地要求。所以要看重荒诞，要善待它。不信等着瞧，无论何时何地，必都是荒诞领你回到最初的眺望，逼迫你去看那生命固有的疑难。

否则，写作，你寻的是什么根？倘只是炫耀祖宗的光荣，弃心魂一向的困惑于不问，岂不还是阿 Q 的传统？倘写作变成潇洒，变成了身份或地位的投资，它就不要嘲笑喧嚣，它已经加入喧嚣。尤其，写作要是爱上了比赛、擂台和排名榜，它就更何必谴责什么"霸权"？它自己已经是了。我大致看懂了排名的用意：时不时地抛出一份名单，把大家排比得就像是梁山泊的一百零八，被排者争风吃醋，排者乘机拿走的是权力。可以玩味的是，这排名之妙，商界倒比文坛还要醒悟得晚些。

这又让我想起我曾经写过的那个可怕的孩子。那个矮小瘦弱的孩子，他凭什么让人害怕？他有一种天赋的诡诈——只要把周围的孩子经常地排一排座次，他凭空中就有了权力。"我第一跟谁好，第二跟谁好……第十跟谁好"和"我不跟谁好"，于是，欢欣者欢欣地追随他，苦闷者苦闷着还是去追随他。我记得，那是我很长一段童年时光中恐惧的来源，是我的一次写作的零度。生命的恐惧或疑难，在原木干干净净的眺望中忽而向我要求着计谋。我记得我的第一个计谋，是阿谀。但恐惧并未因此消散，疑难却因此更加疑难。我还记得我抱着那只用于阿谀的破足球，抱着我破碎的计谋，在夕阳和晚风中回家的情景……那又是一次写作的零度。零度，并不只有一次。每当你立于生命固有的疑难，立于灵魂一向的祈盼，你就回到了零度。一次次回到那儿正如一次次走进地坛，一次次投靠安静，走回到生命的起点，重新看看，你到底是要去哪儿？是否已经偏离亚当和夏娃相互寻找的方向？

想念地坛，就是不断地回望零度。放弃强力，当然还有阿谀。现在可真是反了！——面要面霸，居要豪居，海鲜称帝，狗肉称王，人呢？名人，强人，人物。可你看地坛，它早已放弃昔日荣华，一天天在风雨中放弃，五百年，安静了；安静得草木葳蕤，生气盎然。土地，要你气熏烟蒸地去恭维它吗？万物，是你雕栏玉砌就可以挟持的？疯话。再看那些老柏树，历无数春秋寒暑依旧镇定自若，不为流光掠影所迷。我曾注意过它们的坚强，但在想念里，我看见万物的美德更在于柔弱。"坚强"，你想吧，希特勒也会赞成。世间的语汇，可有什么会是强梁所拒？只有"柔弱"。柔弱是爱者的独信。柔弱不是软弱，软弱通常都装扮得强大，走到台前骂人，退回幕后出汗。柔弱，是信者仰慕神恩的心情，静聆神命的姿态。想想看，倘那老柏树无风自摇岂不可怕？要是野草长得比树还高，八成是发生了核泄漏——听说切尔诺贝利附近有这现象。

我曾写过"设若有一位园神"这样的话，现在想，就是那些老柏树吧。千百年中，它们看风看雨，看日行月走人世更迭，浓荫中惟供奉了所有的记忆，随时提醒着你悠远的梦想。

但要是"爱"也喧嚣，"美"也招摇，"真诚"沦为一句时髦的广告，那怎么办？惟柔弱是爱愿的识别，正如放弃是喧嚣的解剂。人一活脱便要嚣张，天生的这么一种动物。这动物适合在地坛放养些时日——我是说当年的地坛。

回望地坛，回望它的安静，想念中坐在不管它的哪一个角落，重新铺开一张纸吧。写，真是个办法，油然地通向着安静。写，这形式，注定是个人的，容易撞见诚实，容易被诚实揪住不放，容易在市场之外遭遇心中的阴暗，在自以为是时回归零度。把一切污浊、畸形、歧路，重新放回到那儿去检查，勿使伪劣的心魂流布。

有人跟我说，曾去地坛找我，或看了那一篇《我与地坛》去那儿寻找安静。可一来呢，我搬家搬得离地坛远了，不常去了。二来我偶尔请朋友开车送我去看它，发现它早已面目全非。我想，那就不必再去地坛寻找安静，莫如在安静中寻找地坛。恰如庄生梦蝶，当年我在地坛里挥霍光阴，曾屡屡地有过怀疑：我在地坛吗？还是地坛在我？现在我看虚空中也有一条界线，靠想念去迈过它，只要一迈过它便有清纯之气扑面而来。我已不在地坛，地坛在我。

选自长篇散文《记忆与印象》

我的梦想

史铁生

　　也许是因为人缺了什么就更喜欢什么吧，我的两条腿一动不能动，却是个体育迷。我不光喜欢看足球、篮球以及各种球类比赛，也喜欢看田径、游泳、拳击、滑冰、滑雪、自行车和汽车比赛，总之我是个全能体育迷。当然都是从电视里看，体育馆场门前都有很高的台阶，我上不去。如果这一天电视里有精彩的体育节目，好了，我早晨一睁眼就觉得像过节一般，一天当中无论干什么心里都想着它，一分一秒都过得愉快。有时我也怕很多重大比赛集中在一天或几天（譬如刚刚闭幕的奥运会），那样我会把其他要紧的事都耽误掉。

　　其实我是第二喜欢足球，第三喜欢文学，第一喜欢田径。我能说出所有田径项目的世界纪录是多少，是由谁保持的，保持的时间长还是短。譬如说男子跳远纪录是由比蒙保持的，二十年了还没有人能破，不过这事不大公平，比蒙是在地处高原的墨西哥城跳出这八米九〇的，而刘易斯在平原跳出的八米七二事实上比前者还要伟大，却不能算世界纪录。这些纪录是我顺便记住的，田径运动的魅力不在于纪录，人反正是干不过上帝；但人的力量、意志和优美却能从那奔跑与跳跃中得以充分展现，这才是它的魅力所在，它比任何舞蹈都好看，任何舞蹈跟它比起来都显得矫揉造作甚至故弄玄虚。也许是我见过的舞蹈太少了。而你看刘易斯或者摩西跑起来，你会觉得他们是从人的原始中跑来，跑向无休止的人的未来，全身如风似水般滚动的肌肤就是最自然的舞蹈和最自由的歌。

我最喜欢并且羡慕的人就是刘易斯。他身高一米八八，肩宽腿长，像一头黑色的猎豹，随便一跑就是十秒以内，随便一跳就在八米开外，而且在最重要的比赛中他的动作也是那么舒展、轻捷、富于韵律，绝不像流行歌星们的唱歌，唱到最后总让人怀疑这到底是要干什么。不怕读者诸君笑话，我常暗自祈祷上苍，假若人真能有来世，我不要求别的，只要求有刘易斯那样一副身体就好。我还设想，那时的人又会普遍比现在高了，因此我至少要有一米九以上的身材；那时的百米速度也会普遍比现在快，所以我不能只跑九秒九几。做小说的人多是白日梦患者。好在这白日梦并不令我沮丧，我是因为现实的这个史铁生太令人沮丧，才想出这法子来给他宽慰与向往。我对刘易斯的喜爱和崇拜与日俱增。相信他是世界上最幸福的人。我想若是有什么办法能使我变成他，我肯定不惜一切代价；如果我来世能有那样一个健美的躯体，今生这一身残病的折磨也就得了足够的报偿。

奥运会上，约翰逊战胜刘易斯的那个中午我难过极了，心里别别扭扭别别扭扭的一直到晚上，夜里也没睡好觉。眼前老翻腾着中午的场面：所有的人都在向约翰逊欢呼，所有的旗帜与鲜花都向约翰逊挥舞，浪潮般的记者们簇拥着约翰逊走出比赛场，而刘易斯被冷落在一旁。刘易斯当时那茫然若失的目光就像个可怜的孩子，让我一阵阵的心疼。一连几天我都闷闷不乐，总想着刘易斯此刻会怎样痛苦；不愿意再看电视里重播那个中午的比赛，不愿意听别人谈论这件事，甚至替刘易斯嫉妒着约翰逊，在心里找很多理由向自己说明还是刘易斯最棒；自然这全无济于事，我竟似比刘易斯还败得惨，还迷失得深重。这岂不是怪事么？在外人看来这岂不是精神病么？我慢慢去想其中的原因。是因为一个美的偶像被打破了么？如果仅仅是这样，我完全可以惋惜一阵再去竖立起约翰逊嘛，约翰逊的雄姿并不比刘易斯逊色。是因为我这人太恋旧，骨子里太保守吗？可是我非常明白，后来者居上是最应该庆祝的事。或者是刘易斯没跑好让我遗憾？可是九秒九二是他最好的成绩，到底为什么呢？最后我知道了：我看见了所谓"最幸福的人"的不幸，刘易斯那茫然的目光使我的"最幸福"的定义动摇了继而粉碎了。上帝从来不对任何人施舍"最幸福"这三个字，他在所有人的欲望前面设下永恒的距离，公平地给每一个人以局限。如果不能在超越自我局限的无尽路途上去理解幸福，那么史铁生的不能跑与刘易斯的不能跑得更快就完全等同，都是沮丧与痛苦的根源。假若刘易斯不能懂得这些事，我相信，在前述那个中午，他一定是世界上最不幸的人。

在百米决赛后的第二天，刘易斯在跳远决赛中跳出了八米七二，他是个好样的。看来他懂，他知道奥林匹斯山上的神火为何而燃烧，那不是为了一个人把另一个人战败，而是为了有机会向诸神炫耀人类的不屈，命定的局限尽可永在，不屈的挑战却不可须臾或缺。我不敢说刘易斯就是这样，但我希望刘易斯是这样，我一往情深地喜爱并崇拜这样一个刘易斯。

这样，我的白日梦就需要重新设计一番了。至少我不再愿意用我领悟到的这一切，仅仅去换一个健美的躯体，去换一米九以上的身高和九秒七九乃至九秒六九的速度，原因很简单，我不想在来世的某一个中午成为最不幸的人；即使人可以跑出九秒五九，也仍然意味着局限。我希望既有一个健美的躯体又有一个了悟了人生意义的灵魂，我希望二者兼得。但是，前者可以祈望上帝的恩赐，后者却必须在千难万苦中靠自己去获取——我的白日梦到底该怎样设计呢？千万不要说，倘若二者不可兼得你要哪一个？不要这样说，因为人活着必要有一个最美的梦想。

后来得知，约翰逊跑出了九秒七九是因为服用了兴奋剂。对此我们该说什么呢？我在报纸上见了这样一个消息，他的牙买加故乡的人们说，"约翰逊什么时候愿意回来，我们都会欢迎他，不管他做错了什么事，他都是牙买加的儿子。"这几句话让我感动至深。难道我们不该对灵魂有了残疾的人，比对肢体有了残疾的人，给予更多的同情和爱吗？

我的理想家庭

老舍

一个二十多岁的小伙子，讲恋爱，讲革命，讲志愿，似乎天地之间，唯我独尊，简直想不到组织家庭——结婚既是爱的坟墓，家庭根本上是英雄好汉的累赘。及至过了三十，革命成功与否，事情好歹不论，反正领略够了人情世故，壮气就差点事儿了。虽然明知家庭之累，等于投胎为马为牛，可是人生总不过如此，多少也都得经验一番，既不坚持独身，结婚倒也还容易。于是发帖子请客，笑着开驶倒车，苦乐容或相抵，反正至少凑个热闹。到了四十，儿女已有二三，贫也好富也好，自己认头苦曳，对于年轻的朋友已经有好些个事儿说不到一处，而劝告他们老老实实的结婚，好早生儿养女，即是话不投缘的一例。到了这个年纪，设若还有理想，必是理想的家庭。倒退二十年，连这么一想也觉泄气。人生的矛盾可笑即在于此，年轻力壮，力求事事出轨，决不甘为火车；及至中年，心理的，生理的，种种理的什么什么，都使他不但非作火车不可，且作货车焉。把当初与现在一比较，判若两人，足够自己笑半天的！或有例外，实不多见。

明年我就四十了，已具说理想家庭的资格：大不必吹，盖亦自嘲。我的理想家庭要有七间小平房：一间是客厅，古玩字画全非必要，只要几张很舒服宽松的椅子，一二小桌。一间书房，书籍不少，不管什么头版与古本，而都是我所爱读的。一张书桌，桌面是中国漆的，放上热茶杯不至烫成个圆白印儿。文具不讲究，可是都很好用。桌上老有一两枝鲜花，插在小瓶里。两间卧室，我独据一间，没有臭虫，而有一张极大极软的床。在这个床上，横睡直睡都可以，不论怎睡都一躺下就舒服合适，好像陷在棉花堆里，一点也不硬碰骨头。还有一间，是预备给客人住的。此外是一间厨房，一个厕所，没有下房，因为根本不预备用仆人。家中不要电话，不要播音机，不要留声机，不要麻将牌，不要风扇，不要保险柜。缺乏的东西本来很多，不过这几项是故意不要的，有人白送给我也不要。

院子必须很大。靠墙有几株小果木树。除了一块长方的土地，平坦无草，足够打开太极拳的，其他的地方就都种着花草——没有一种珍贵费事的，只求昌茂多花。屋中至少有一只花猫，院中至少也有一两盆金鱼；小树上悬着小笼，二三绿蝈蝈随意地鸣着。

这就该说到人了。屋子不多，又不要仆人，人口自然不能很多：一妻和一儿一女就正合适。先生管擦地板与玻璃，打扫院子，收拾花木，给鱼换水，给蝈蝈一两块绿黄瓜或几个毛豆；并管上街送信买书等事宜。太太管做饭，女儿任助手——顶好是十二三岁，不准小也不准大，老是十二三岁。儿子顶好是三岁，既会讲话，又胖胖的会淘气。母女于做饭之外，就做点针线，看小弟弟。大件衣服拿到外边去洗，小件的随时自己涮一涮。

既然有这么多工作，自然就没有多少工夫去听戏看电影。不过在过生日的时候，全家就出去玩半天；接一位亲或友的老太太给看家。过生日什么的永远不请客受礼，亲友家送来的红白帖子，就

第一辑
把自己安顿在烟火岁月里，
好好活

一概扔在字纸篓里，除非那真需要帮助的，才送一些干礼去。到过节过年的时候，吃食从丰，而且可以买一通纸牌，大家打打"索儿胡"，赌铁蚕豆或花生米。

男的没有固定的职业；只是每天写点诗或小说，每千字卖上四五十元钱。女的也没事做，除了家务就读些书。儿女永不上学，由父母教给画图，唱歌，跳舞——乱蹦也算一种舞法——和文字，手工之类。等到他们长大，或者也会仗着绘画或写文章卖一点钱吃饭；不过这是后话，顶好暂且不提。

这一家子人，因为吃得简单干净，而一天到晚又不闲着，所以身体都很不坏。因为身体好，所以没有肝火，大家都不爱闹脾气。除了为小猫上房，金鱼甩子等事着急之外，谁也不急叱白脸的。

大家的相貌也都很体面，不令人望而生厌。衣服可并不讲究，都做得很结实朴素：永远不穿又臭又硬的皮鞋。男的很体面，可不露电影明星气；女的很健美，可不红唇卷毛的鼻子朝着天。孩子们都不卷着舌头说话，淘气而不讨厌。

这个家庭顶好是在北平，其次是成都或青岛，至坏也得在苏州。

无论怎样吧，反正必须在中国，因为中国是顶文明顶平安的国家；理想的家庭必在理想的国内也。

故乡的四月

张恨水

"乡村四月闲人少，才了蚕桑又插田。"在三十年前当小孩子的时候，当这个季节，我一天至少将这十四个字哼上十几遍。于今山窗里的小书案上，供着一瓶自采的山花，红色的杜鹃，火杂杂地像一团血。金银花伸着黄白的鸡爪，菜油灯光里，吐出兰花的香味。窗子外池塘里，三五头青蛙，敲着小卜咚鼓儿，和那菜地里的新虫声，吱吱儿和唱，孟夏夜之歌，自然地在唱奏了。我搁笔悠然神往，"青灯有味忆儿时"，憧憬着我故乡的四月。

读者恕我有点顽固，这个四月，是指的农历四月，其实应该说是五六月之交的。但一用五月或六月的字样，被我那先入为主的记忆所误解，就以为是三伏炎天，而不复曾想到"才了蚕桑又插田"的风味。好在这是谈农村味，我们就偶然带些"土气息"，算是四月罢。

这个日子，正是"四月南风大麦黄"了。麦陇上风吹过去，将麦丛吹着一层盖下，一层涌起，造成了我们诗人所谓的麦浪。有些麦田，是已经收割了。农人们戴着斗笠，穿着捉襟露肘的蓝布褂儿，一挑挑的金黄色麦捆，不断的向大麦场上送。那里有无数农家妇，高举着竹连枷棍子，摇撼着上面竹拍子劈拍劈拍打着场上铺着的麦穗。她们的装束，现时才被城市里摩登妇女学会。头上蒙一块布帕儿罩着通红的脸（不是胭脂抹的，是太阳晒的）。两只袖子，卷到了胁窝，露着肥藕般粗的手臂。当我穿了蓝竹布长衫，站在冬青树下看她们时，一位十七八岁的村姑，放下了竹拍，扯下她头上的花布帕儿，撩着短发下的汗珠，转了大眼睛，向我露着白牙齿一笑。"大先生，你也来试一下？"这一管的短镜头，使我三十年来，几自未曾忘却。

村庄口上，树叶子全绿了。杨柳拖着长条，随风乱摆，像一幅极大的绿裙子，摇着夏威夷之舞。楝花（俗称苦栗树）发着清香，一阵阵吹落着紫花的小细瓣，洒在草地上，洒在池塘的水面上。小鸭儿小鹅儿还没有脱乳毛呢，黄黄儿的一群，漂浮在淡绿色的池水面上。小女孩们坐在塘埂的树阴下，将麦梗结着螺狮，结着小篮子。新熟的蚕豆（四川话是胡豆），各家炒得有一点，小孩子衣裳里，巴鼓鼓地装了一袋。结着玩意儿，偶然塞一粒到嘴里去咀嚼，其乐无穷。这是村庄上最闲适的一角落。

绿树阴里，布谷鸟叫着"割麦栽禾"，溜亮而又清亮。尤其是下毛毛雨的天，听着之后，教人想到乡村是格外地忙。这时，麦子在几天之内全收割光了，半丘陵地带的稻田，全放满了水，田缺口里，有剩余的水流出去，淙淙作响。这种响声，农人听到之后的那一分愉快，决非公子哥儿听梅调或璇宫艳色唱片所能比拟于万一。天上尽管是斜风细雨，你可以看到许多斗笠之下，一袭蓑衣，在水田里活动。陪着他们的，是伸着两只大角的牛。雨水和泥浆，终日在牛身上向下淋着。他气也不哼一声儿，在水田里，牛也兀自低了头背了犁一步步的慢慢走。诗人又说了："雨后有人耕绿野。"他以为是一种风景，可是让他来试一下，也许就不会有什么风趣了。

天晴了，村庄后的大山，换了一件碧绿的新袍子，太阳照着，实在好看。山上有时有一条垂直的白带子，界破了绿色，那是瀑布，村庄上的树，也格外地绿，人站在树下，凉阴阴的。墙头上的黄瓜蔓儿，结了许多淡黄色的花。水塘里飘着碗口大的嫩荷叶。我们来乡下的城市少年，又耳目一新。但这在农人所感觉的，却是忙，忙，忙。请试言之：老祖父凭着他七十岁的人生经验，料着天气要大热，秧田里的青秧太老，不好插田，第一天下午，就四处找村子里的小伙子，"明天请到我家吃插田饭"。老大老二，被邻村人约去插田，天不亮出去，天黑未回。不如此，自家插田，请人家来，人家是不卖力的。大嫂二嫂打了麦回来，点着油灯，煮咸蛋，磨糯米粉，预备明天绝早的插田饭。半大的男孩狗儿带了半天星斗的微光，牵牛到塘里，洗掉她身上的泥。还有大些的小三叔，下午被老祖父带着在秧田里拔秧，陆续的捆着秧把。腿上被蚂蟥叮了一口，鲜血直淋，气它不过，将一根秧秆缚了它回来，将生盐和烟丝来呛它，看它化成水，以当工作的余兴。老祖母在灶下生柴火，蒸着过年留下来的最后一方腊肉，口里念念有词，数着明日插田饭的菜。小女孩也别闲着，一面带两三岁的小弟妹玩，一面摘豆荚。豆藤儿正堆了半个屋角，还没有清理出来呢。

插田日到了，不管是晴是雨，鸡一啼，全家人就起来。灯火照耀中，交换插田工的村友，成群来到草堂里坐下。老祖父率督着小伙子，大盘子盛着腊肉、豆腐、糯米粑，向桌子上送。天不亮，大家就吃第一餐插田饭。东方微明时，平原水田里，一簇一簇的农人，已在分群工作。挑秧担子的，撒秧把的，往来在田梗上。插田的农人，三四个一排，弯着腰在泥水里插秧，泥水被插着哗唧哗唧的响。这样，一直到太阳落下山去为止。但那布谷鸟还不肯罢休，绿阴里面，兀自唱着催耕曲，"割麦栽禾"。

农家乐，在外表上看，也许如此。乡人最忙的时候，我常是站在大路上的树阴下看。农夫们戴着灰色的草帽，赤膊上披一块蓝布遮着太阳，两只光腿，深插入泥浆里。手拨泥水，将秧一行行插着。口里大声唱着山歌："一个女人路上行"，或者"姐在房里头想情哥"。尽管唱词十分的诨，古板的老祖父好不见怪，甚至还在田埂上歇下旱烟袋和上一句。插田的农夫，都有这个嗜好，到了中午，插秧插到累了，满水田里是山歌声。除非说这就是他们的乐。

我曾叨扰过第二顿插田饭（午饭），颇也别有风趣。韭菜炒鸡蛋，内加代用品面粉。糯米粑，上面堆着红糖。红烧肉像拳大一块，不加作料。新黄瓜片煮豆腐，没有酱油，汤是白色的。这都是用大盘子盛着的，摆满了一桌。照例还有一瓦壶烧刀子，每人可喝三杯。有时，主人多加一盘下酒之物，如咸鸭蛋之类，那就太令人鼓舞了。除非说这就是他们的乐。

不过，由我想，农夫人是不怎么乐的。太阳那样晒人，我看他们工作，自己却缩在树阴里呢。田里的泥浆水，中午有点像温泉，插秧的人，太阳晒着背，泥浆气又蒸着鼻孔，汗珠子把披的那块蓝布透湿得像浸了盐水。皮肤晒得像红油抹了，水点落在上面会滑下来。但泥浆却斑斑点点，贴满了胸脯和两腿。于是我了解他们为什么唱山歌，为什么中午的山歌，唱得最酣了。

在灯下陆续的想，我们仿佛已站在天柱山脚的水田中间，及"绿树村前合，清泉石上流"的环境里。山歌涌起，我正玩味着这是苦还是乐？一只灯蛾，将灯光扑了两扑，打断我的幽思。七旬的老母，十六岁的大儿子，正在这个场合眼看农忙。而那里距前线，只七十华里而已。我不能再想，我也就不忍再写了。

忆儿时

丰子恺

一

我回忆儿时，有三件不能忘却的事。

第一件是养蚕。那是我五六岁时、我祖母在日的事。我祖母是一个豪爽而善于享乐的人，良辰佳节不肯轻轻放过。养蚕也每年大规模地举行。其实，我长大后才晓得，祖母的养蚕并非专为图利，叶贵的年头常要蚀本，然而她喜欢这暮春的点缀，故每年大规模地举行。我所喜欢的，最初是蚕落地铺。那时我们的三开间的厅上、地上统是蚕，架着经纬的跳板，以便通行及饲叶。蒋五伯挑了担到地里去采叶，我与诸姐跟了去，去吃桑葚。蚕落地铺的时候，桑葚已很紫而甜了，比杨梅好吃得多。我们吃饱之后，又用一张大叶做一只碗，采了一碗桑葚，跟了蒋五伯回来。蒋五伯饲蚕，我就以走跳板为戏乐，常常失足翻落地铺里，压死许多蚕宝宝，祖母忙喊蒋五伯抱我起来，不许我再走。然而这满屋的跳板，像棋盘街一样，又很低，走起来一点也不怕，真是有趣。这真是一年一度的难得的乐事！所以虽然祖母禁止，我总是每天要去走。

蚕上山之后，全家静默守护，那时不许小孩子们吵了，我暂时感到沉闷。然而过了几天，采茧，做丝，热闹的空气又浓起来了。我们每年照例请牛桥头七娘娘来做丝。蒋五伯每天买枇杷和软糕来给采茧、做丝、烧火的人吃。大家认为现在是辛苦而有希望的时候，应该享受这点心，都不客气地取食。我也无功受禄地天天吃多量的枇杷与软糕，这又是乐事。

七娘娘做丝休息的时候，捧了水烟筒，伸出她左手上的短少半段的小指给我看，对我说：做丝的时候，丝车后面，是万万不可走近去的。她的小指，便是小时候不留心被丝车轴棒轧脱的。她又说："小囝囝不可走近丝车后面去，只管坐在我身旁，吃枇杷，吃软糕。还有做丝做出来的蚕蛹，叫妈妈油炒一炒，真好吃哩！"然而我始终不要吃蚕蛹，大概是我爸爸和诸姐都不要吃的原故。我所乐的，只是那时候家里的非常的空气。日常固定不动的堂窗、长台、八仙椅子，都收拾去，而变成不常见的丝车、匾、缸。又不断地公然地可以吃小食。

丝做好后，蒋五伯口中唱着"要吃枇杷，来年蚕罢"，收拾丝车，恢复一切陈设。我感到一种兴尽的寂寥。然而对于这种变换，倒也觉得新奇而有趣。

现在我回忆这儿时的事，常常使我神往！祖母、蒋五伯、七娘娘和诸姐都像童话里、戏剧里的人物了。且在我看来，他们当时这剧的主人公便是我。何等甜美的回忆！只是这剧的题材，现在我仔细想想觉得不好：养蚕做丝，在生计上原是幸福的，然其本身是数万的生灵的杀虐！《西青散记》里面有两句仙人的诗句："自织藕丝衫子嫩，可怜辛苦救春蚕。"安得人间也发明织藕丝的丝车，而尽救天下的春蚕的性命！

我七岁上祖母死了，我家不复养蚕。不久父亲与诸姐弟相继死亡，家道衰落了，我的幸福的儿时也过去了。因此这回忆一面使我永远神往，一面又使我永远忏悔。

二

第二件不能忘却的事，是父亲的中秋赏月，而赏月之乐的中心，在于吃蟹。

我的父亲中了举人之后，科举就废，他无事在家，每天吃酒，看书。他不要吃羊、牛、猪肉，而喜欢吃鱼、虾之类。而对于蟹，尤其喜欢。自七八月起直到冬天，父亲平日的晚酌规定吃一只蟹，一碗隔壁豆腐店里买来的开锅热豆腐干。他的晚酌，时间总在黄昏。八仙桌上一盏洋油灯，一把紫砂酒壶，一只盛热豆腐干的碎瓷盖碗，一把水烟筒，一本书，桌子角上一只端坐的老猫，我脑中这印象非常深刻，到现在还可以清楚地浮现出来。我在旁边看，有时他给我一只蟹脚或半块豆腐干。然我喜欢蟹脚。蟹的味道真好，我们五个姊妹兄弟，都喜欢吃，也是为了父亲喜欢吃的原故。只有母亲与我们相反，喜欢吃肉，而不喜欢又不会吃蟹，吃的时候常常被蟹螯上的刺刺开手指，出血；而且抉剔得很不干净，父亲常常说她是外行。父亲说：吃蟹是风雅的事，吃法也要内行才懂得。先折蟹脚，后开蟹斗……脚上的拳头（即关节）里的肉怎样可以吃干净，脐里的肉怎样可以剔出……脚爪可以当作剔肉的针……蟹螯上的骨头可以拼成一只很好看的蝴蝶……父亲吃蟹真是内行，吃得非常干净。所以陈妈妈说："老爷吃下来的蟹壳，真是蟹壳。"

蟹的储藏所，就在天井角落里的缸里，经常总养着十来只。到了七夕、七月半、中秋、重阳等节候上，缸里的蟹就满了，那时我们都有得吃，而且每人得吃一大只，或一只半。尤其是中秋一天，兴致更浓。在深黄昏，移桌子到隔壁的白场上的月光下面去吃。更深人静，明月底下只有我们一家的人，恰好围成一桌，此外只有一个供差使的红英坐在旁边。大家谈笑，看月亮，他们——父亲和诸姐——直到月落时光，我则半途睡去，与父亲和诸姐不分而散。

这原是为了父亲嗜蟹，以吃蟹为中心而举行的。故这种夜宴，不仅限于中秋，有蟹的节季里的月夜，无端也要举行数次。不过不是良辰佳节，我们少吃一点，有时两人分吃一只。我们都学父亲，剥得很精细，剥出来的肉不是立刻吃的，都积受在蟹斗里，剥完之后，放一点姜醋，拌一拌，就作为下饭的菜，此外没有别的菜了。因为父亲吃菜是很省的，而且他说蟹是至味，吃蟹时混吃别的菜肴，是乏味的。我们也学他，半蟹斗的蟹肉，过两碗饭还有余，就可得父亲的称赞，又可以白口吃下余多的蟹肉，所以大家都勉力节省。现在回想那时候，半条蟹腿肉要过两大口饭，这滋味真好！自父亲死了以后，我不曾再尝这种好滋味。现在，我已经自己做父亲，况且已经茹素，当然永远不会再尝这滋味了。唉！儿时欢乐，何等使我神往！

然而这一剧的题材，仍是生灵的杀虐！因此这回忆一面使我永远神往，一面又使我永远忏悔。

三

第三件不能忘却的事，是与隔壁豆腐店里的王囡囡的交游，而这交游的中心，在于钓鱼。

那是我十二三岁时的事，隔壁豆腐店里的王囡囡是当时我的小侣伴中的大阿哥。他是独子，他的母亲、祖母和大伯，都很疼爱他，给他很多的钱和玩具，而且每天放任他在外游玩。他家与我家贴邻而居。我家的人们每天赴市，必须经过他家的豆腐店的门口，两家的人们朝夕相见，互相来往。小孩们也朝夕相见，互相来往。此外他家对于我家似乎还有一种邻人以上的深切的交谊，故他家的人对于我特别要好，他的祖母常常拿自产的豆腐干、豆腐衣等来送给我父亲下酒。同时在小侣伴中，王囝囝也特别和我要好。他的年纪比我大，气力比我好，生活比我丰富，我们一道游玩的时候，他时时引导我，照顾我，犹似长兄对于幼弟。我们有时就在我家的染坊店里的榻上玩耍，有时相偕出游。他的祖母每次看见我俩一同玩耍，必叮嘱囝囝好好看待我，勿要相骂。我听人说，他家似乎曾经患难，而我父亲曾经帮他们忙，所以他家大人们吩咐王囝囝照应我。

我起初不会钓鱼，是王囝囝教我的。他叫他大伯买两副钓竿，一副送我，一副他自己用。他到米桶里去捉许多米虫，浸在盛水的罐头里，领了我到木场桥头去钓鱼。他教给我看，先捉起一个米虫来，把钓钩由虫尾穿进，直穿到头部。然后放下水去。他又说："浮珠一动，你要立刻拉，那么钩子钩住鱼的颚，鱼就逃不脱。"我照他所教的试验，果然第一天钓了十几头白条，然而都是他帮我拉钓竿的。

第二天，他手里拿了半罐头扑杀的苍蝇，又来约我去钓鱼。途中他对我说："不一定是米虫，用苍蝇钓鱼更好。鱼喜欢吃苍蝇！"这一天我们钓了一小桶各种的鱼。回家的时候，他把鱼桶送到我家里，说他不要。我母亲就叫红英去煎一煎，给我下晚饭。

自此以后，我只管欢喜钓鱼。不一定要王囝囝陪去，自己一人也去钓，又学得了掘蚯蚓来钓鱼的方法。而且钓来的鱼，不仅够自己下晚饭，还可送给店里的人吃，或给猫吃。我记得这时候我的热心钓鱼，不仅出于游戏欲，又有几分功利的兴味在内。有三四个夏季，我热心于钓鱼，给母亲省了不少的菜蔬钱。

后来我长大了，赴他乡入学，不复有钓鱼的工夫。但在书中常常读到赞咏钓鱼的文句，例如什么"独钓寒江雪"，什么"渔樵度此身"，才知道钓鱼原来是很风雅的事。后来又晓得有所谓"游钓之地"的美名称，是形容人的故乡的。我大受其煽惑，为之大发牢骚：我想"钓鱼确是雅的，我的故乡，确是我的游钓之地，确是可怀的故乡。"但是现在想想，不幸而这题材也是生灵的杀虐！

我的黄金时代很短，可怀念的又只有这三件事。不幸而都是杀生取乐，都使我永远忏悔。

冬天

朱自清

　　说起冬天，忽然想到豆腐。是一"小洋锅"（铝锅）白煮豆腐，热腾腾的。水滚着，像好些鱼眼睛，一小块一小块豆腐养在里面，嫩而滑，仿佛反穿的白狐大衣。锅在"洋炉子"（煤油不打气炉）上，和炉子都熏得乌黑乌黑，越显出豆腐的白。这是晚上，屋子老了，虽点着"洋灯"，也还是阴暗。围着桌子坐的是父亲跟我们哥儿三个。"洋炉子"太高了，父亲得常常站起来，微微地仰着脸，觑着眼睛，从氤氲的热气里伸进筷子，夹起豆腐，一一地放在我们的酱油碟里。我们有时也自己动手，但炉子实在太高了，总还是坐享其成的多。这并不是吃饭，只是玩儿。父亲说晚上冷，吃了大家暖和些。我们都喜欢这种白水豆腐；一上桌就眼巴巴望着那锅，等着那热气，等着热气里从父亲筷子上掉下来的豆腐。

　　又是冬天，记得是阴历十一月十六晚上，跟S君P君在西湖里坐小划子。S君刚到杭州教书，事先来信说："我们要游西湖，不管它是冬天。"那晚月色真好，想起来还像照在身上。本来前一晚是"月当头"；也许十一月的月亮真有些特别吧。那时九点多了，湖上似乎只有我们一只划子。有点风，月光照着软软的水波；当间那一溜儿反光，像新砑的银子。湖上的山只剩了淡淡的影子。山下偶尔有一两星灯火。S君口占两句诗道："数星灯火认渔村，淡墨轻描远黛痕。"我们都不大说话，只有均匀的桨声。我渐渐地快睡着了。P君"喂"了一下，才抬起眼皮，看见他在微笑。船夫问要不要上净寺去；是阿弥陀佛生日，那边蛮热闹的。到了寺里，殿上灯烛辉煌，满是佛婆念佛的声音，好像醒了一场梦。这已是十多年前的事了，S君还常常通着信，P君听说转变了好几次，在一个特税局里收特税了，以后便没有消息。

在台州过了一个冬天，一家四口子。台州是个山城，可以说在一个大谷里。只有一条二里长的大街。别的路上白天简直不大见人；晚上一片漆黑。偶尔人家窗户里透出一点灯光，还有走路的拿着的火把；但那是少极了。我们住在山脚下。有的是山上松林里的风声，跟天上一只两只的鸟影。夏末到那里，春初便走，却好像老在过着冬天似的；可是即便真冬天也并不冷。我们住在楼上，书房临着大路；路上有人说话，可以清清楚楚地听见。但因为走路的人太少了，间或有点说话的声音，听起来还当远风送来的，想不到就在窗外。我们是外路人，除上学校去之外，常只在家里坐着。妻也惯了那寂寞，只和我们爷儿们守着。外边虽老是冬天，家里却老是春天。有一回我上街去，回来的时候，楼下厨房的大方窗开着，并排地挨着她们母子三个；三张脸都带着天真微笑地向着我。似乎台州空空的，只有我们四人；天地空空的，也只有我们四人。那时是民国十年，妻刚从家里出来，满自在。她死了快四年了，我却还老记着她那微笑的影子。

无论怎么冷，大风大雪，想到这些，我心上总是温暖的。

婆婆话

老舍

　　一位友人从远道而来看我，已七八年没见面，谈起来所以非常高兴。一来二去，我问他有了几个小孩？他连连摇头，答以尚未有妻。他已三十五六，还作光棍儿，倒也有些意思；引起我的话来，大致如下：

　　我结婚也不算早，作新郎时已三十四岁了。为什么不肯早些办这桩事呢？最大的原因是自己挣钱不多，而负担很大，所以不愿再套上一份麻烦，作双重的马牛。人生本来是非马即牛，不管是贵是贱，谁也逃不出衣食住行，与那油盐酱醋。不过，牛马之中也有些性子刚硬的，挨了一鞭，也敢回敬一个别扭。合则留，不合则去，我不能在以劳力换金钱之外，还赔上狗事巴结人，由马牛调作走狗。这么一来，随时有卷起铺盖滚蛋的可能，也就得有些准备：积极的是储蓄俩钱，以备长期抵抗；消极的是即使挨饿，独身一个总不致灾情扩大。所以我不肯结婚。卖国贼很可以是慈父良夫，错处是只尽了家庭中的责任，而忘了社会国家。我的不婚，越想越有理。

　　及至过了三十而立，虽有桌椅板凳亦不敢坐，时觉四顾茫然。第一个是老母亲的劝告，虽然不明说："为了养活我，你牺牲了自己，我是怎样的难过！"可是再说硬话实在使老人难堪；只好告诉母亲：不久即有好消息。君子一言，驷马难追；一透口话，就满城风雨。朋友们不论老少男女，立刻都觉得有作媒的资格，而且说得也确是近情近理；平日真没想到他们能如此高明。还普遍而且最动听的——不晓得他们都是从哪儿学来的这一套？——是：老光棍儿正如老姑娘。独居惯了就慢慢养成绝户脾气——万要不得的脾气！一个人，他们说，总得活泼泼的，各尽所长，快活的忙一辈子。因不婚而弄得脾气古怪，自己苦恼，大家不痛快，这是何苦？这个，的确足以打动一个卅多岁，对世事有些经验的人！即使我不希望升官发财，我也不甘成为一个老别扭鬼。

那么经济问题呢？我问他们。我以为这必能问住他们，因为他们必不会因为怕我成了老绝户而愿每月津贴我多少钱。哼，他们的话更多了。第一，两个人的花销不必比一个人多到哪里去；第二，即使多花一些，可是苦乐相抵，也不算吃亏；第三，找位能挣些钱的女子，共同合作，也许从此就富裕起来；第四，就说她不能挣钱，而且多花一些，人生本来是经验与努力，不能永远消极的防备，而当努力前进。

说到这里，他们不管我相信这些与否，马上就给我介绍女友了。仿佛是我决不会去自己找到似的。可是，他们又有文章。恋爱本无须找人帮忙，他们晓得；不过，在恋爱期间，理智往往弱于感情；一旦造成了将错就错的局面，必会将恩作怨，糟糕到底。反之，经友人介绍，旁观者清，即使未必准是半斤八两，到底是过了磅的有个准数。多一番理智的考核，便少一些感情的瞎碰。双方既都到了男大当娶，女大当聘之年，而且都愿结婚，一经介绍，必定郑重其事的为结婚而结婚，不是过过恋爱的瘾，况且结婚就是结婚；所谓同居，所谓试婚，所谓解决性欲问题，原来都是这一套。同居而不婚，也得两人吃饭，也得生儿养女；并不因为思想高明，而可以专接吻，不用吃饭！

我没了办法。你一言，我一语，说得我心中闹得慌。似乎只有结婚才能心静，别无办法。于是我就结了婚。

到如今，结婚已有五年，有了一儿一女。把五年的经验和婚前所听到的理论相证，倒也怪有个味儿。

第一该说脾气。不错，朋友们说对了：有了家，脾气确是柔和了一些。我必定得说，这是结婚的好处。打算平安的过活必须采纳对方的意见，阳纲或阴纲独振全得出毛病；男女同居，根本需要民治精神，独裁必引起革命；努力于此种革命并不足以升官发财，而打得头破血出倒颇悲壮而泄气。彼此非纳着点气儿不可，久而久之都感到精神的胜利，凡事可以和平解决，夫妇而可成圣矣。

这个，可并不能完全打倒我在婚前的主张：独身气壮，天不怕地不怕；结婚气馁，该瞅着的就得低头。我的顾虑一点不算多此一举。结了婚，脾气确是柔和了，心气可也跟着软下来。为两个人打算，绝不会像一人吃饱天下太平那么干脆。于是该将就者便须将就，不便挺起胸来大吹浩然之气，恋爱可以自由，结婚无自由。

朋友们说对了。我也并没说错。这个，请老兄自己去判断，假如你想结婚的话。

第二该说经济。现在，如果再有人对我说，俩人花钱不见得比一人多，我一定毫不迟疑的敬他一个嘴巴子。俩人是俩人，多数加S，钱也得随着加S。是的，太太可以去挣钱，俩人比一人挣的多；可是花得也多呀。公园，电影场，绝不会有"太太免票"的办法，别的就不用说了。及至有了小孩，简直的就不能再有什么预算决算，小孩比皇上还会花钱。太太的事不能再作，顾了挣钱就顾不了小孩，因挣钱而把小孩养坏，照样的不上算；好，太太专看小孩，老爷专去挣钱，小孩专管花钱，不破产者鲜矣。

自然小孩会带来许多快乐，作了父母的夫妻特别的能彼此原谅，而小胖孩子又是那么天真可爱。单单的伸出一个胖手指已足使人笑上半天。可是，小胖子可别生病；一生病，爸的表，娘的戒指，全得暂入当铺，而且昼夜吃不好，睡不安，不亚于国难当前。割割扁桃腺，得一百块！幸亏正是扁桃腺，这要是整个的圆桃，说不定就得上万！以我自己说，我对儿女总算不肯溺爱，可是只就医药费一项来说，已经使我的肩背又弯了许多。有病难道不给治么？小孩真是金子堆成的。这还没提到将来的教育费——谁敢去想，闭着眼瞎混吧！

有人会说喽，结婚之后顶好不要小孩呀。不用听那一套。我看见不少了，夫妻因为没有小孩而感情越来越坏，甚至去抱来个娃娃，暂时敷衍一下。有小孩才像家庭；不然，家庭便和旅馆一样。要有小孩，还是早些有的为是。一来，妇女岁数稍大，生产就更多危险；二来，早些有子女，虽然花费很多，可是多少能早些有个打算，即便计划不能实现，究竟想有个准备；一想到将来，便想到子女，多少心中要思索一番，对于作事花钱就不能不小心。这样，夫妇自自然然的会老成一些了，要按着老法子说呢，父母养活子女，赶到子女长大便倒过头来养活父母。假如此法还能适用，那么早有小孩，更为上算。假如父亲在四十岁上才有了儿子，儿子到二十的时候，父亲已经六十了；说不定，也许活不到六十的；即使儿子应用古法，想养活父亲，而父亲已入了棺材，哪能喝酒吃饭？

这个，朋友，假若你想结婚的话，又该去思索一番。娶妻需花钱，生儿养女需花钱，负担日大，肩背日弯，好不伤心；同时，结婚有益，有子也有乐趣，即使乐不抵苦，可是生命至少不显着空虚。如何之处，统希鉴裁！

至于娶什么样的太太，问题太大，一言难尽。不过，我看出这么点来：美不是一切。太太不是图画与雕刻，可以用审美的态度去鉴赏。人的美还有品德体格的成分在内。健壮比美更重要。一位爱生病的太太不大容易使家庭快乐可爱。学问也不是顶要紧的，因为有钱可以自己立个图书馆，何必一定等太太来丰富你的或任何人的学问？据我看，结婚是关系于人生的根本问题的；即使高调很受听，可是我不能不本着良心说话，吃，喝，性欲，繁殖，在结婚问题中比什么理想与学问也更要紧。我并不是说妇人应当只管洗衣作饭抱孩子，不应读书作事。我是说，既来到婚姻问题上，既来到家庭快乐上，就乘早不必唱高调，说那些闲盘儿。这是个实际问题，是解决生命的根源上的几项问题，那么，说真实的吧，不必弄一套之乎者也。一个美的摆设，正如一个有学问的摆设，都是很好的摆设，可是未见得是位好的太太。假若你是富家翁呢，那就随便的弄什么摆设也好。不幸，你只是个普通的人，那么，一个会操持家务的太太实在是必要的。假如说吧，你娶了一位哲学博士，长得也顶美，可是一进厨房便觉恶心，夜里和你讨论康德的哲学，力主生育节制，即使有了小孩也不会抱着，你怎办？听我的话，要娶，就娶个能作贤妻良母的。尽管大家高喊打倒贤妻良母主义，你的快乐你知道。这并不完全是自私，因为一位不希望作贤妻良母的满可以不嫁而专为社会服务呀。假如一位反抗贤妻良母的而又偏偏去嫁人，嫁了人又连自己的袜子都不会或不肯洗，那才是自私呢。不想结婚，好，什么主义也可以喊；既要结婚，须承认这是个实际问题，不必弄玄虚。夫妻怎不可以谈学问呢；可是有了五个小孩，欠着五百元债，明天的房钱还没指望，要能谈学问才怪！两个帮手，彼此帮忙，是上等婚姻。

有人根本不承认家庭为合理的组织，于是结婚也就成为可笑之举。这，另有说法，不是咱们所要谈的。咱们谈的是结婚与组织家庭，那么，这套婆婆话也许有一点点用，多少的备你参考吧。

这几个月的生活

老舍

自去年七月中辞去教职，到如今已快八个月了。数月里，有的朋友还把信寄到学校去；有的就说我没有了影儿；有的说我已经到哪里哪里作着什么什么事……我不愿变成个谜，教大家猜着玩，所以写几句出来，一打两用：一来解疑，二来就手儿当作稿子。

辞职后，一直住在青岛，压根儿就没动窝。青岛自秋至春都非常的安静，绝不像只在夏天来过的人所说的那么热闹。

安静，所以适于写作，这就是我舍不得离开此地的原因。

除了星期日或有点病的时候，我天天总写一点，有时少至几百字，有时多过三千；平均的算，每天可得二千来字。细水长流，架不住老写，日子一多，自有成绩，可是，从发表过的来看，似乎凑不上这个数儿，那是因为长稿即使写完，也不能一口气登出，每月只能发表一两段。还有写好又扔掉也是常有的事，所以有伤耗。

地方安静，个人的生活也就有了规律。我每天差不多总是七点起床，梳洗过后便到院中去打拳，自一刻钟到半点钟，要看高兴不高兴。不过，即使高兴，也必打上一刻钟，求其不间断。遇上雨或雪，就在屋中练练小拳。

　　这种运动不一定比别种运动好，而且耍刀弄棒，大有义和拳上体的嫌疑。不过它的好处是方便：用不着去找伴儿，一个人随时随地都可以活动；独自打篮球，虽然胜利都是自己的，究竟不大有趣。再说，和大家一同打球，人家用多大的力气，自己也得陪着；不能一劲儿请求大家原谅。打拳呢，可长可短，可软可硬，由慢而速，亦可由速而慢，缺乏纪律，可是能够从心所欲不逾矩。它没有篮球足球那么激烈，可比纯徒手操活泼，练上几趟就多少能见点汗儿；背上微微见汗，脸色微红，最为舒服。只要有恒心，天天活动一会儿，必定有益。

　　打完拳，我便去浇花，喜花而不会养，只有天天浇水，以求不亏心。有的花不知好歹，水多就死；有的花，勉强的到时开几朵小花。不管它们怎样吧，反正我尽了责任。这么磨蹭十多分钟，才去吃早饭，看报。这差不多就快九点钟了。

　　吃过早饭，看看有应回答的信没有；若有，就先写信，溜一溜脑子；若没有，就试着写点文章。在这时候写文，不易成功，脑子总是东一头西一脚的乱闹哄。勉强的写一点，多数是得扔到纸篓去。不过，这么闹哄一阵，虽白纸上未落多少黑字，可是这一天所要写的，多少有了个谱儿，到下午便有辙可循，不至再拿起笔来发怔了。简直可以这么说，早半天的工作是抛自己的砖，以便引出自家的玉来。

　　十一时左右，外埠的报纸与信件来到，看报看信；也许有个朋友来谈一会儿，一早晨就这么无为而治的过去了。遇到天气特别晴美的时候，少不得就带小孩到公园去看猴，或到海边拾蛤壳。这得九点多就出发，十二时才能回来，我们是能将一里路当作十里走的；看见地上一颗特别亮的砂子，我们也能研究老大半天。

十二点吃午饭。吃完饭，我抢先去睡午觉，给孩子们示范。等孩子都决定去学我的好榜样，而闭上了眼，我便起来了；我只需一刻钟左右的休息，不必睡那伟大的觉。孩子睡了，我便可以安心拿起笔来写一阵。等到他们醒来，我就把墨水瓶盖好，一直到晚八点再打开。大概的说吧，写文的主要时间是午后两点到三点半，和晚上八点到九点半。这两个时间，我可以不受小孩们的欺侮。

九点半必定停止工作。按说，青岛的夜里最适于写文，因为各处静得连狗仿佛都懒得吠一声，可是，我不敢多写，身体钉不住；一咬牙，我便整夜的睡不好；若是早睡呢，我便能睡得像块木头，有人把我搬了走我也不知道，我可也不去睡的太早了，因为末一次的信是九点后才能送到，我得等着；还有呢，花猫每晚必出去活动，到九点后才回来，把猫收入。我才好锁上门。有时候躺下而睡不着，便读些书，直到困了为止。读书能引起倦意，写文可不能；读书是把别人的思想装入自己的脑子里，写文是把自己的思想挤出来，这两样不是一回事，写文更累得慌。

星期六下午和星期日整天，该热闹了。看朋友，约吃饭，理发，偶尔也看看电影，都在这两天。一到星期一，便又安静起来，鸦雀无声，除了和孩子们说废话，几乎连唇齿舌喉都没有了用处似的。说真的，青岛确是过于安静了。可是，只要熬过一两个月，习惯了，可也就舍不得它了。

按说，我既爱安静，而又能在这极安静的地方写点东西，岂不是很抖的事吗？唉！（必得先叹一口气！）都好哇，就是写文章吃不了饭啊！

我的身体不算很强，多写字总不能算是对我有益处的事。但是，我不在乎，多活几年，少活几年，有什么关系呢？死，我不怕；死不了而天天吃个半饱，远不如死了呢。我爱写作，可就是得挨饿，怎办呢？连版税带稿费，一共还不抵教书收入的一半，而青岛的生活程度又是那么高，买葱要论一分钱的，坐车起码是一毛钱！怎样活下去呢？

常常接到青年朋友们的著作，教我给看，改；如有可能，给介绍到各杂志上去。每接到一份，我就要落泪，我没有工夫给详细的改，但是总抓着工夫给看一遍，尽我所能见到的给批注一下，客气的给寄回去。有好一点的呢，我当然找个相当的刊物，给介绍一下；选用与否，我不能管，尽到我的心算了。这点义务工作，不算什么；我要落泪，因为这些青年们都是想要指着投稿吃饭的呀！——这里没有饭吃！

干什么不是以力气挣钱呢，卖文章也是自食其力，不是什么坏事。不过，干这一行，第一是大有害于健康；老爬在桌上写，老思索，老憋闷得慌；有几个文人不害肺病呢？第二是卖了力气，拼了命，结果还卖不出钱来。越穷便越牢骚，越自苦，越咬牙，不久，怎样？不幸短命死矣！穷而后工，咱没见过；穷而后死，比比皆是。但凡能干别的去，不要往这里走，此路不通！

为艺术而牺牲哟，不怕哟！好，这要不是你爸爸有钱，便是你不想活着。不想活着，找死还不容易，何必单找这条道儿？这么死，连死都不能痛痛快快的。到前线上去，哪一个枪弹不比钢笔头儿脆快呢？

我爱说实话，实话本不能悦耳；信不信由你吧，我算干够了。只有一条路可以使我继续下去这种生活，得航空奖券的头奖。不过，梦上加梦，也许有一天会疯了的。

故乡的野菜

周作人

我的故乡不止一个，凡我住过的地方都是故乡。故乡对于我并没有什么特别的情分，只因钓于斯游于斯的关系，朝夕会面，遂成相识，正如乡村里的邻舍一样，虽然不是亲属，别后有时也要想念到他。我在浙东住过十几年，南京东京都住过六年，这都是我的故乡；现在住在北京，于是北京就成了我的家乡了。

日前我的妻往西单市场买菜回来，说起有荠菜在那里卖着，我便想起浙东的事来。荠菜是浙东人春天常吃的野菜，乡间不必说，就是城里只要有后园的人家都可以随时采食，妇女小儿各拿一把剪刀一只"苗篮"，蹲在地上搜寻，是一种有趣味的游戏的工作。那时小孩们唱道："荠菜马兰头，姊姊嫁在后门头。"后来马兰头有乡人拿来进城售卖了，但荠菜还是一种野菜，须得自家去采。关于荠菜向来颇有风雅的传说，不过这似乎以吴地为主。《西湖游览志》云："三月三日男女皆戴荠菜花。谚云，三春戴荠花，桃李羞繁华。"顾禄的《清嘉录》上亦说："荠菜花俗呼野菜花，因谚有三月三蚂蚁上灶山之语，三日人家皆以野菜花置灶陉上，以厌虫蚁。清晨村童叫卖不绝。或妇女簪髻上以祈清目，俗号眼亮花。"但浙东却不很理会这些事情，只是挑来做菜或炒年糕吃罢了。

黄花麦果通称鼠鞠草，系菊科植物，叶小，微圆互生，表面有白毛，花黄色，簇生梢头。春天采嫩叶，捣烂去汁，和粉作糕，称黄花麦果糕。小孩们有歌赞美之云：

> 黄花麦果韧结结，
> 关得大门自要吃：
> 半块拿弗出，
> 一块自要吃。

清明前后扫墓时，有些人家——大约是保存古风的人家——用黄花麦果作供，但不作饼状，做成小颗如指顶大，或细条如小指，以五六个作一攒，名曰茧果，不知是什么意思，或因蚕上山时设祭，也用这种食品，故有是称，亦未可知。自从十二三岁时外出不参与外祖家扫墓以后，不复见过茧果，近来住在北京，也不再见黄花麦果的影子了。日本称作"御形"，与荠菜同为春的七草之一，也采来做点心用，状如艾饺，名曰"草饼"，春分前后多食之，在北京也有，但是吃去总是日本风味，不复是儿时的黄花麦果糕了。

扫墓时候所常吃的还有一种野菜，俗名草紫，通称紫云英。农人在收获后，播种田内，用作肥料，是一种很被贱视的植物，但采取嫩茎瀹食，味颇鲜美，似豌豆苗。花紫红色，数十亩接连不断，一片锦绣，如铺着华美的地毯，非常好看，而且花朵状若蝴蝶，又如鸡雏，尤为小孩所喜。间有白色的花，相传可以治痢，很是珍重，但不易得。日本《俳句大辞典》云："此草与蒲公英同是习见的东西，从幼年时代便已熟识，在女人里边，不曾采过紫云英的人，恐未必有罢。"中国古来没有花环，但紫云英的花球却是小孩常玩的东西，这一层我还替那些小人们欣幸的。浙东扫墓用鼓吹，所以少年常随了乐音去看"上坟船里的姣姣"；没有钱的人家虽没有鼓吹，但是船头上篷窗下总露出些紫云英和杜鹃的花束，这也就是上坟船的确实的证据了。

第二辑

你的用心和趣味，
总有人会惦记

　　我昨天遇到一个人，感觉非常有意思，印象
深刻。但后来再也碰不上了，人生就是这样。我们
心里珍视的东西都是有重量的，带着这份重量前行
的人总是幸福的。

无题（因为没有故事）

老舍

人是为明天活着的，因为记忆中有朝阳晓露；假若过去的早晨都似地狱那么黑暗丑恶，盼明天干吗呢？是的，记忆中也有痛苦危险，可是希望会把过去的恐怖裹上一层糖衣，像看着一出悲剧似的，苦中有些甜美。无论怎说吧，过去的一切都不可移动；实在，所以可靠；明天的渺茫全仗昨天的实在撑持着，新梦是旧事的拆洗缝补。

对了，我记得她的眼。她死了好多年了，她的眼还活着，在我的心里。这对眼睛替我看守着爱情。当我忙得忘了许多事，甚至于忘了她，这两只眼会忽然在一朵云中，或一汪水里，或一瓣花上，或一线光中，轻轻的一闪，像归燕的翅儿，只须一闪，我便感到无限的春光。我立刻就回到那梦境中，哪一件小事都凄凉，甜美，如同独自在春月下踏着落花。这双眼所引起的一点爱火，只是极纯的一个小火苗，像心中的一点晚霞，晚霞的结晶。它可以烧明了流水远山，照明了春花秋叶，给海浪一些金光，可是它恰好的也能在我心中，照明了我的泪珠。

它们只有两个神情：一个是凝视，极短极快，可是千真万确的是凝视。只微微的一看，就看到我的灵魂，把一切都无声的告诉了给我。凝视，一点也不错，我知道她只须极短极快的一看，看的动作过去了，极快的过去了，可是，她心里看着我呢，不定看多么久呢；我到底得管这叫作凝视，不论它是多么快，多么短。一切的诗文都用不着，这一眼道尽了"爱"所会说的与所会作的。另一个是眼珠横着一移动，由微笑移动到微笑里去，在处女的尊严中笑出一点点被爱逗出的轻佻，由热情中笑出一点点无法抑止的高兴。

我没和她说过一句话，没握过一次手，见面连点头都不点。可是我的一切，她知道；她的一切，我知道。我们用不着看彼此的服装，用不着打听彼此的身世，我们一眼看到一粒珍珠，藏在彼此的心里；这一点点便是我们的一切，那些七零八碎的东西都是配搭，都无须注意。看我一眼，她低着头轻快的走过去，把一点微笑留在她身后的空气中，像太阳落后还留下一些明霞。

我们彼此躲避着，同时彼此愿马上搂抱在一处。我们轻轻的哀叹；忽然遇见了，那么凝视一下，登时欢喜起来，身上像减了分量，每一步都走得轻快有力，像要跳起来的样子。

我们极愿意过一句话，可是我们很怕交谈，说什么呢？哪一个日常的俗字能道出我们的心事呢？让我们不开口，永不开口吧！我们的对视与微笑是永生的，是完全的，其余的一切都是破碎微弱，不值得一作的。

我们分离有许多年了，她还是那么秀美，那么多情，在我的心里。她将永远不老，永远只向我一个人微笑。在我的梦中，我常常看见她，一个甜美的梦是最真实，是纯洁，最完美的。多少多少人生中的小困苦小折磨使我丧气，使我轻看生命。可是，那个微笑与眼神忽然的从哪儿飞来，我想起唯有"人面桃花相映红"差可托拟的一点心情与境界，我忘了困苦，我不再丧气，我恢复了青春；无疑的，我在她的洁白的梦中，必定还是个美少年呀。

春在燕的翅上，把春光颤得更明了一些，同样，我的青春在她的眼里，永远使我的血温暖，像土中的一颗子粒，永远想发出一个小小的绿芽。一粒小豆那么小的一点爱情，眼珠一移，嘴唇一动，日月都没有了作用，到无论什么时候，我们总是一对刚开开的春花。

不要再说什么，不要再说什么！我的烦恼也是香甜的呀，因为她那么看过我！

沉默

梁实秋

我有一位沉默寡言的朋友。有一回他来看我，嘴边绽出微笑，我知道那就是相见礼，我肃客入座，他欣然就席。我有意要考验他的定力，看他能沉默多久，于是我也打破我的习惯，我也守口如瓶。二人默对，不交一语，壁上的时钟滴答滴答的声音特别响。我忍耐不住，打开一听香烟递过去，他便一支接一支地抽了起来，吧嗒吧嗒之声可闻。我献上一杯茶，他便一口一口地翕呷，左右顾盼，意态萧然。等到茶尽三碗，烟罄半听，主人并未欠伸，客人兴起告辞，自始至终没有一句话。这位朋友，现在已归道山，这一回无言造访，我至今不忘。想不到"闻所闻而来，见所见而去"的那种六朝人的风度，于今之世，尚得见之。

明张鼎思《琅琊代醉编》有一段记载："刘器之待制对客多默坐，往往不交一谈，至于终日。客意甚倦，或谓去，辄不听，至留之再三。有问之者，曰：'人能终日危坐，而不欠伸敧侧，盖百无一二，其能者必贵人也。'以其言试之，人皆验。"可见对客默坐之事，过去亦不乏其例。不过所谓"主贵"之说，倒颇耐人寻味。所谓贵，一定要有一副高不可攀的神情，纵然不拒人千里之外，至少也要令人生莫测高深之感，所以处大居贵之士多半有一种特殊的本领，两眼望天，面部无表情，纵然你问他一句话，他也能听若无闻，不置可否。这样的人，如何能不贵？因为深沉的外貌，正好掩饰内部的空虚，这样的人最宜于摆在庙堂之上。《孔子家语》明明地写着，孔子"入太祖后稷之庙，庙堂右阶之前有金人焉，三缄其口，而铭其背曰：'古之慎言人也。'"。这庙堂右阶的金人，不是为市井细民做榜样的。

　　謇谔之臣，骨鲠在喉，一吐为快，其实他是根本负有诤谏之责，并不是图一时之快。鸡鸣犬吠，各有所司，若有言官而钳口结舌，宁不有愧于鸡犬？至于一般的仁人君子，没有不忿世忧时的，其中大部分悯默无言，但有间或也有"宁鸣而死，不默而生"的人，这样的人可使当世的人为之感喟，为之击节，他不能全名养寿，他只能在将来历史上享受他应得的清誉罢了。在有"不发言的自由"的时候而甘愿放弃这一项自由，这也是个人的自由。在如今这个时代，沉默是最后的一项自由。

　　在道之士，对于尘劳烦恼早已不放在心上，自然更能欣赏沉默的境界。这种沉默，不是话到嘴边再咽下去，是根本没话可说，所谓"知者不言，言者不知"。世尊在灵山会上，拈花示众，众皆寂然，唯迦叶破颜微笑，这会心微笑胜似千言万语。莲池大师说得好："世间醽醁醇醴，藏之弥久而弥美者，皆繇封锢牢密不泄气故，古人云，'二十年不开口说话，向后佛也奈何你不得。'旨哉言乎！"二十年不开口说话，也许要把口闷臭，但是语言道断之后，性水澄清，心珠自现，没有饶舌的必要，基督教 Carthusian 教派也是以沉默静居为修行法门，经常彼此不许说话。"此中有真意，欲辩已忘言。"

　　庄子说："吾安得夫忘言之人，而与之言哉？"现在想找真正懂得沉默的朋友，也不容易了。

黄花梦旧庐

张恨水

晚上做了一个梦，梦见七八个朋友，围了一个圆桌面，吃菊花锅子。正吃得起劲，不知为一种什么声音所惊醒。睁开眼来，桌上青油灯的光焰，像一颗黄豆，屋子里只有些模糊的影子。窗外的茅草屋檐，正被西北风吹得沙沙有声。竹片夹壁下，泥土也有点窸窣作响，似乎耗子在活动。这个山谷里，什么更大一点的声音都没有，宇宙像死过去了。几秒钟的工夫，我在两个世界。我在枕上回忆梦境，越想越有味。我很想再把那顿没有吃完的菊花锅子给它吃完。然而不能，清醒白醒的，睁了两眼，望着木窗子上格纸柜上变了鱼肚色。为什么这样可玩味，我得先介绍菊花锅子。这也就是南方所说的什锦火锅。不过在北平，却在许多食料之外，装两大盘菊花瓣子送到桌上来。这菊花一定要是白的，一定要是蟹爪瓣。在红火炉边，端上这么两碟东西，那情调是很好的。要说味，菊花是不会有什么味的，吃的人就是取它这点情调。自然，多少也有点香气。

那么不过如此了，我又何以对梦境那样留恋呢？这就由菊花锅想菊花，由菊花想到我的北平旧庐。我在北平，东西南北城都住过，而我择居，却有两个必须的条件：第一，必须是有树木的大院子，还附着几个小院子；第二，必须有自来水。后者，为了是我爱喝好茶；前者，就为了我喜欢栽花。我虽一年四季都玩花，而秋季里玩菊花，却是我一年趣味的中心。除了自己培秧，自己接种。而到了菊花季，我还大批的收进现货。这也不但是我，大概在北平有一碗粗茶淡饭吃的人，都不免在菊花季买两盆"足朵儿的"小盆，在屋子里陈设着。便是小住家儿的老妈妈，在大门口和街坊聊天，看到胡同里的卖花儿的担子来了，也花这么十来枚大铜子儿，买两丛贱品，回去用瓦盆子栽在屋檐下。

北平有一群人，专门养菊花，像集邮票似的，有国际性，除了国内南北养菊花互通声气而外，还可以和日本养菊家互调种子，以菊花照片做样品函商。我虽未达到这一境界，已相去不远，所以我在北平，也不难得些名种。所以每到菊花季，我一定把书房几间房子，高低上下，用各种盆子，陈列百十盆上品。有的一朵，有的两朵，至多是三朵，我必须调整得它可以"上画"。在菊花旁边，我用其他的秋花、小金鱼缸、南瓜、石头、蒲草、水果盘、假古董（我玩不起真的），甚至一个大芜菁，去做陪衬，随了它的姿态和颜色，使它形式调和。到了晚上，亮着足光电灯，把那花影照在壁上，我可以得着许多幅好画。屋外走廊下，那不用提，至少有两座菊花台（北平寒冷，菊花盛开时，院子里已不能摆了）。

我常常招待朋友，在菊花丛中，喝一壶清茶谈天。有时，也来二两白干，闹个菊花锅子，这吃的花瓣，就是我自己培养的。若逢到下过一场浓霜，隔着玻璃窗，看那院子里满地铺了槐叶，太阳将枯树影子，映在窗纱上，心中干净而轻松，一杯在手，群芳四绕，这情调是太好了，你别以为我奢侈，一笔所耗于菊者，不超过二百元也。写到这里，望着山窗下水盂里一朵断茎"杨妃带醉"，我有点黯然。

送仿吾的行

郁达夫

夜深了，屋外的蛙声、蚯蚓声，及其他的杂虫的鸣声，也可以说是如雨，也可以说是如雷。几日来的日光骤雨，把庭前的树叶，催成作青葱的广幕，从这幕的破处，透过来的一盏两盏的远处大道上的灯光，煞是凄凉，煞是悲寂。你要晓得，这是首夏的后半夜，我们只有两个人，在高楼的回廊上默坐，又兼以一个是飘零在客，一个是门外天涯，明朝晨鸡一唱，仿吾就要过江到汉口去上轮船去的。

天上的星光撩乱，月亮早已下山去了。微风吹动帘衣，幽幽的一响，也大可竖人毛发。夜归的瞎子，在这一个时候，还在街上，拉着胡琴，向东慢慢走去。啊啊，瞎子！你所求的，究竟是什么东西，为的是什么呀？瞎子过去了，胡琴声也听不出来了，蛙声蚯蚓声杂虫声，依旧在百音杂奏；我觉得这沉默太压人难受了，就鼓着勇气，叫了一声：

"仿吾！"

这一声叫出之后，自家也觉得自家的声气太大，底下又不敢继续下去。两人又默默地坐了几分钟。

顽固的仿吾，你想他讲出一句话来，来打破这静默的氛围，是办不到的。但是这半夜中间，我又讲话讲得太多了，若再讲下去，恐怕又要犯起感伤病来。人到了三十，还是长吁短叹，哭己怜人，是没出息的人干的事情；我也想做一个强者，这一回却要硬它一硬，怎么也不愿意再说话。

亭铜，亭铜，前边山脚下女尼庵的钟磬声响了，接着又是比丘尼诵《法华经》的声音，木鱼的声音。

"那是什么？"

仍复是仿吾一流的无文采的问语。

"那是尼姑庵，尼姑念经的声音。"

"倒有趣得很。"

"还有一个小尼姑哩！"

"有趣得很！"

"若在两三年前，怕又要做一篇极浓艳的小说来做个纪念了。"

"为什么不做哩？"

"老了，不行了，感情没有了！"

"不行！不行！要是这样，月刊还能办么？"

"那又是一个问题。"

"看沫若，他才是真正的战斗员！"

"上得场去，当然还可以百步穿杨。"

"不行，这未老先衰的话！"

"还不老么？有了老婆，有了儿子。亲戚朋友，一天一天的少下去。走遍天涯，到头来还是一个无聊赖！"

仿吾兀的不响了，我不觉得讲得太过分了。以年纪而论，仿吾还比我大。可怜的赋性愚直的这仿吾，到如今还是一个童男。去年他哥哥客死在广东。千里长途，搬丧回籍，一直弄到现在，他才能出来。一家老的老，小的小，侄儿侄女，十多个人，责任全负在他的肩上。而现在，我们因为想重把"创造"兴起，叫他丢去了一切，来干这前途渺茫的创造社出版部的大事业。不怕你是一块石，不怕你是一个鱼，当这样的微温的晚上，在这样的高危的楼上，看看前后左右，想想过去未来，叫他怎么能够坦然无介于怀？怎么能够不黯然泪落呢。

朋友的中间，想起来，实在是我最利己。无论如何的吃苦，无论如何的受气，总之在创造社根基未定之先，是不该一个人独善其身地跑上北方去的。有不得已的事故，或者有可托生命的事业可干的时候，还不要去管它，实际上盲人瞎马，渡过黄河，渡过扬子江后，所得到的结果，还不过是一个无聊。京华旅食，叩了富儿的门，一双白眼，一列白牙，是我的酬报。现在想起来，若要受一点人家的嘲笑、轻侮、虐待，那么到处都可以找得到，断没有跑几千里路的必要。像田舍诗人彭思一流的粗骨，理应在乡下草舍里和黄脸婆娘蒋恩谈谈百年以后的空想，做两句乡人乐诵的歌诗，预备一块墓地、两块石碑，好好儿的等待老死才对。爱丁堡有什么？那些老爷太太小姐们，不过想玩玩乡下初出来的猴子而已，她们哪里晓得什么是诗？听说诗人的头盖骨，左边是突起的，她们想看看。听说诗人的心有七个窟窿，她们想数数看。大都会！首善之区！我和乡下的许多盲目的青年一样，受了这几个好听的名字的骗，终于离开了情逾骨肉的朋友，离开了值得拼命的事业，骑驴找马，积了满身尘土，在北方污浊的人海里，游泳了两三年。往日的亲朋星散，创造社成绩空空，只今又天涯沦落，偶尔在屈贾英灵的近地，机缘凑巧，和老友忽漫相逢，在高楼上空谈了半夜雄天，坐席未温，而明朝又早是江陵千里，不得不南浦送行，我为的是什么？我究在这里干什么呢？

我的确有点伤感起来了。栏外的杜鹃，又只是"不如归去，不如归去"的在那里乱叫。

"仿吾，你还不睡么？"

"再坐一会！"

我不能耐了，就不再说话，一个人进房里去睡了觉。仿吾一个人在回廊上究竟坐到了什么时候才睡？他一个人坐在那深夜黑暗的回廊上，究竟想了些什么？这些事情，大约只有他一个人知道。第二天早晨，天还未亮的时候，他站在我的帐外，轻轻地叫我说：

"达夫！你不要起来，我走了。"

一九二五年五月二十三日招商公司的下水船，的确是午前六点钟起锚的。

寄给一个失恋人的信（一）

梁遇春

秋心：

在我这种懒散心情之下，居然呵开冻砚，拿起那已经有一星期没有动的笔，来写这封长信；无非是因为你是要半年才有封信。现在信来了，我若使又迟延好久才复，或者一搁起来就忘记去了；将来恐怕真成个音信渺茫，生死莫知了。

来信你告诉我你起先对她怎样钟情想由同她互爱中得点人生的慰藉，她本来是何等的温柔，后来又如何变成铁石心人，同你现在衰颓的生活，悲观的态度。整整写了二十张十二行的信纸，我看了非常高兴。我知道你绝对不会想因为我自己没有爱人，所以看别人丢了爱人，就现出卑鄙的笑容来。若使你对我能够有这样的见解，你就不写这封悱恻动人的长信给我了。我真有可以高兴的理由。在这万分寂寞一个人坐在炉边的时候，几千里外来了一封八年前老朋友的信，痛快地暴露他心中最深一层的秘密，推心置腹殷娓娓细谈他失败的情史，使我觉得世界上还有一个人这样爱我，信我，来向我找些同情同热泪，真好像一片洁白耀目的光线，射进我这精神上之牢狱。最叫我满意是由你这信我知道现在的秋心还是八年前的秋心。八年的时光，流水行云般过去了。现在我们虽然还是少年，然而最好的青春已过去一大半了。所以我总是爱想到从前的事情。八年前我们一块游玩的情境，自然直率的谈话是常浮现在我梦境中间，尤其在讲堂上睁开眼睛所做的梦的中间。你现在写信来哭诉你的怨情简直同八年前你含着一泡眼泪咽着声音讲给我听你父亲怎样骂你的神气一样。但是我那时能够用手巾来擦干你的眼泪，现在呢？我只好仗我这枝秃笔来替那陪你呜咽，抚你肩膀低声的安慰。秋心，我们虽然八年没有见一面，半年一通讯，你小孩时候雪白的脸，桃红的颊同你眉目间那一股英武的气概却长存在我记忆里头，我们天天在校园踏着桃花瓣的散步，树荫底下石阶上面坐着唧唧哝哝的谈天，回想起来真是亚当没有吃果前乐园的生活。当我读关于美少年的文学，我就记起我八年前的游伴。无论是述 Narcissus 的故事，Shakespeare 百余首的十四行诗，Gray 给 Bonstetten 的信，Keats 的 *Endymion*，Wilde 的 *Dorian Gray* 都引起我无限的愁思而怀念着久不写信给我的秋心。十年前的我也不像现在这么无精打采的形相，那时我性情也温和得多，面上也充满有青春的光彩，你还记着我们那一回修学旅行吧？因为我是生长在城市，不会爬山，你是无时不在我旁边，拉着我的手走上那崎岖光滑的山路。你一面走一面又讲好多故事，来打散我恐惧的心情。我那一回出疹子，你瞒着你的家人，到我家里，瞧个机会不给我家人看见跑到我床边来。你喘气也喘不过来似讲的："好容易同你谈几句话！我来了五趟，不是给你祖母拦住，就是被你父亲拉着，说一大阵什么染后会变麻子……这件事我想一定是深印在你心中。忆起你那时的殷勤情谊更觉得现在我天天碰着的人的冷酷，也更使我留恋那已经不可再得的春风里的生活。提起往事，徒然加你的惆怅，还是谈别的吧。

　　来信中很含着"既有今日，何必当初"的意思。这差不多是失恋人的口号，也是失恋人心中最苦痛的观念。我很反对这种论调，我反对，并不是因为我想打破你的烦恼同愁怨。一个人的情调应当任它自然地发展，旁人更不当来用话去压制它的生长，使他堕到一种莫明其妙的烦闷网子里去。真真同情于朋友忧愁的人，绝不会残忍地去扑灭他朋友怀在心中的幽情。他一定是用他的情感的共鸣使他朋友得点真同情的好处，我总觉"既有今日，何必当初"这句话对"过去"未免太藐视了。我是个恋着"过去"的骸骨同化石的人，我深切感到"过去"在人生的意义，尽管你讲什么"从前种种譬如昨日死，以后种种譬如今日生"同 Let bygones be bygones；"从前"是不会死的。就算形质上看不见，它的精神却还是一样地存在。"过去"也不至于烟消火灭般过去了；它总留了深刻的足迹。理想主义者看宇宙一切过程都是向一个目的走去的，换句话就是世界上物事都是发展一个基本的意义的。他们把"过去"包在"现在"中间一齐望"将来"的路上走，所以 Emerson 讲"只要我们能够得到'现在'，把'过去'拿去给狗子罢了。"这可算是诗人的幻觉。这么漂亮的肥皂泡子不是人人都会吹的。我们老爱一部一部地观察人生，好像舍不得这样猪八戒吃人参果般用一个大抽象概念解释过去。所以我相信要深深地领略人生的味的人们，非把"过去"当做有它独立的价值不可，千万不要只看做"现在"的工具。由我们生来不带乐观性的人看来，"将来"总未免太渺茫了，"现在"不过一刹那，好像一个没有存在的东西似的，所以只有"过去"是这不断时间之流中站得住的岩石。我们只好紧紧抱着它，才免得受漂流无依的苦痛，"过去"是个美术化的东西，因为它同我们隔远看不见了，它另外有一种缥缈不实之美。好像一块风景近看瞧不出好来，到远处一望，就成个美不胜收的好景了。为的是已经物质上不存在，只在我们心境中憬憧着，所以"过去"又带了神秘的色彩。对于我们含有 Melancholy 性质的人们，"过去"更是个无价之宝。Hawthorne 在他《古屋之苔》书中说："我对我往事的记忆，一个也不能丢了。就是错误同烦恼，我也爱把它们记着。一切的回忆同样地都是我精神的食料。现在把它们都忘丢，就是同我没有活在世间过一样。"不过"过去"是很容易被人忽略去的。而一般失恋人的苦恼都是由忘记"过去"，太重"现在"的结果。实在讲起来失恋人所失丢的只是一小部分现在的爱情。他们从前已经过去的爱情是存在"时间"的宝库中，绝对不会失丢的。在这短促的人生，我们最大的需求同目的是爱，过去的爱同现在的爱是一样重要的。因为现在的爱丢了就把从前之爱看得一个大也不值，这就有点近视眼了。只要从前你们曾经真挚地互爱过，这个记忆已很值得好好保存起来，作这千灾百难人生的慰藉，所以我意思是，"今日"是"今日"，"当初"依然是"当初"，不要因为有了今日这结果，把"当初"一切看做都是镜花水月白费了心思的。爱人的目的是爱情，为了目前小波浪忽然舍得将几年来两人辛辛苦苦织好的爱情之网用剪子铰得粉碎，这未免是不知道怎样去多领略点人生之味的人们的态度了。秋心我劝你将这网子仔细保护着，当你感到寂寞或孤栖的时候，把这网子慢慢张开在你心眼的前面，深深地去享受它的美丽，好像吃过青果后回甘一般，那也不枉你们从前的一场要好了。

照你信的口气，好像你是天下最不幸的人，秋心你只知道情人的失恋是可悲哀，你还不晓得夫妇中间失恋的痛苦。你现在失恋的情况总还带三分 Romantic 的色彩，她虽然是不爱你了，但是能够这样忽然间由情人一变变做陌路之人，倒是件痛快的事——其痛快不下给一个运刀如飞杀人不眨眼的刽子手杀下头一样。最苦的是那一种结婚后二人爱情渐渐不知不觉间淡下去。心中总是感到从前的梦的有点不能实现，而一方面对"爱情"也有些麻木不仁起来。这种肺病的失恋是等于受凌迟刑。挨这种苦的人，精神天天痿痹下去，生活力也一层一层沉到零的地位。这种精神的死亡才是天地间惟一的惨剧。也就因为这种惨剧旁人看不出来，有时连自己都不大明白，所以比别的要惨苦得多。你现在虽然失恋但是你还有一肚子的怨望，还想用很多力写长信去告诉你的惟一老朋友，可见你精神仍是活泼泼跳动着。对于人生还觉得有趣味——不管是詈骂运命，或是赞美人生——总不算个不幸的人。秋心你想我这话有点道理吗？

秋心，你同我谈失恋，真是"流泪眼逢流泪眼"了。我也是个失恋的人，不过我是对我自己的失恋，不是对于在我外面的她的失恋。我这失恋既然是对于自己，所以不显明，旁人也不知道。因此也是更难过的苦痛。无声的呜咽比嚎啕总是更悲哀得多了。我想你现在总是白天魂不守舍地胡思乱想，晚上睁着眼睛看黑暗在那里怔怔发呆，这么下去一定会变成神经衰弱的病。我近来无聊得很，专爱想些不相干的事。我打算以后将我所想的报告给你，你无事时把我所想出的无聊思想拿来想一番，这样总比你现在毫无头绪的乱想，少费心力点罢。有空时也希望你想到那里笔到那里般常写信给我。两个伶仃孤苦的人何妨互相给点安慰呢！

驭聪，十六年阳元宵写于北大西斋。

寄给一个失恋人的信（二）

梁遇春

秋心：

在我心境万分沉闷时候，接到你由艳阳的南方来的信，虽然只是潦草几行，所说的又是凄凉酸楚的话，然而我眉开眼笑起来了。我不是因为有个烦恼伴侣，所以高兴。真真尝过愁绪的人，是不愿意他的朋友也挨这刺心的苦痛。那个躺在床上呻吟的病人，会愿意他的家人来同病相怜？何况每人有自各的情绪，天下绝找不出同样烦闷的人们。可是你的信，使我回忆到我们的过去生活；从前那种天真活泼充满生机的日子却从时光宝库里发出灿烂的阳光，我这彷徨怅惘的胸怀也反照得生气勃勃了。

你信里很有流水年华，春花秋谢的感想。这是人们普遍都感到的。我还记得去年读 Arnold Bennett 的 *The Old Wives' Tale* 最后几页的情形。那是在个静悄悄的冬夜，电灯早已暗了，烛光闪着照那已熄的火炉。书中是说一个老妇人在她丈夫死去那夜的悲哀。"最感动她心的是他曾经年青过，渐渐的老了，现在是死了。他一生就是这么一回事。青春同壮年总是这么结局。什么事情都是这么结局。"Bennett 到底是写实派第一流人物，简简单单几句话把老寡妇的心事写得使我们不能不相信。我当时看完了那末章，觉有个说不出的失望，痴痴的坐着默想，除了渺茫，惨淡，单调，无味，几个零碎感想外，又没有什么别的意思。以后有时把这些话来咀嚼一下，又生出赞美这青春同逝水一般流去了的想头。假使世上真有驻颜的术，不老的丹，Oscar Wilde 的 Dorian Gray 的梦真能实现，每人都有无穷的青春，那时我们的苦痛比现在恐怕会好得多些，另外有"青春的悲哀"了。本来青春的美就在它那种蜻蜓点水燕子拍绿波的同我们一接近就跑去这一点。看着青春的易逝，才觉得青春的可贵，因此也更想能够在这一去不返的瞬间里得到无穷的快乐。所以在青春时节我们特别有生气，一颗心仿佛是清早的园花，张大了瓣吸收朝露。青春的美大部分就存在着这种努力享乐惟恐不及生命力的跳跃。若使每人前面全现一条不尽的花草缤纷的青春的路，大家都知道青春是常住的，没有误了青春的可怕，谁天天也懒洋洋起来了。青春给我们一抓到，它的美就失丢了，同肥皂泡子相像，只好让它在空中飞翱，将青天红楼全缩映在圆球外面，可是我们的手一碰，立刻变为乌有了。

就说是对这呆板不变的青春，我们仍然能够有些赞赏，不断单调的享乐也会把人弄烦腻了，天下没整天吃糖口胃不觉难受的人。而且把青春变成家常事故，它的浪漫飘渺的美丽也全不见了。本来人活着精神物质方面非动不可，所以在对将来抱着无限希望同捶心跌脚追悔往事，或者回忆从前黄金时代这两个心境里，生命力是不停地奔驰，生活也觉得丰富，而使精神停住来享受现在是不啻叫血管不流一般地自杀政策，将生命的花弄枯萎了。不同外河相通的小池终免不了变成秽水，不同别人生同情的心总是枯涸无聊。没有得到爱的少年对爱情是赞美的，做黄金好梦的恋人是充满了欣欢，失恋人同结婚不得意的人在极端失望里爆发出一线对爱情依依不舍的爱恋，和凤凰烧死后又振翼复活再度幼年的时光一样。只有结婚后觉得满意的人是最苦痛的，他们达到日日企望的地方，却只觉空虚渐渐的涨大，说不出所以然来，也想不来一个比他们现状再好的境界，对人生自然生淡了，一切的力气免不了麻痹下去。人生最怕的是得意，使人精神废弛，一切灰心的事情无过于不散的筵席。你还记得前年暑假我们一块划船谈 Wordsworth 诗的快乐罢？那时候你不是极赞美他那首 *Yarrow Unvisited* 说我们应当不要走到尽头，高声地唱：

'Twill soothe us in our sorrow,

That earth has something yet to show,

The bonny holms of Yarrow！

青春之所以可爱也就在它给少年以希望，赠老年以惆怅。（安慰人的能力同希望差不多，比心满意足，登高山洒几滴亚历山大的泪的空虚是好万万倍了。）好多人埋怨青春骗了我们，先允许我们一个乐园，后来毫不践言只送些眼泪同长叹。然而这正是青春的好处，它这样子供给我们活气，不至于陷于颓偿了的无为。希望的妙处全包含在它始终是希望这样事里面，若使每个希望都化做铁硬的事实，那样什么趣味一笔勾消了的世界还有谁愿意住吗？所以年青人可以唱恋爱的歌，失恋人同死了爱人的人也做得出很好失望（希望的又一变相，骨子里差不多的东西）同悼亡的诗，只有那在所谓甜蜜家庭两人互相妥协着的人们心灵是化作灰烬。Keats 在情诗中歌颂死同日本人无缘无故地相约情死全是看清楚此中奥妙后的表现。

他们只怕青春的长留着，所以用死来划断这青春黄金的线。这般情感锐敏的人若生在青春常住的世界，他们的受难真不是言语所能说。这些话不是我有意要慰解你才说的，这的确我自己这么相信。春花秋谢，谁看着免不了嗟叹。然而假设花老是这么娇红欲滴的开着，春天永久不离大地，这种雕刻似的死板板的美景更会令人悲伤。因为变更是宇宙的原则，也可算做赏美中一般重要成分。并且春天既然是老滞在人间，我们也跟着失丢了每年一度欢迎春来热烈的快乐。由美神经灵敏人看来，残春也别有它的好处，甚至比艳春更美，为的是里面带种衰颓的色调，互相同春景对照着，十分地显出那将死春光的欣欣生意。夕阳所以"无限好"，全靠着"近黄昏"。让瞥眼过去的青春长留个不灭的影子在心中，好像 Pompeii 废墟，劫后余烬，有人却觉得比完整建筑还好。若使青春的失丢，真是件惨事，倚着拐杖的老头也不会那么笑嘻嘻地说他们的往事了。

十七年三月二日。

海滩上种花

徐志摩

　　朋友是一种奢华：且不说酒肉势利，那是说不上朋友，真朋友是相知，但相知谈何容易，你要打开人家的心，你先得打开你自己的，你要在你的心里容纳人家的心，你先得把你的心准放到人家的心里去：这真心或真性情的相互的流转，是朋友的秘密，是朋友的快乐。但这是说你内心的力量够得到，性灵的活动有富余，可以随时开放，随时往外流，像山里的泉水，流向容得住你的同情的沟槽；有时你得冒险，你得花本钱，你得抵拼在骂岈的乱石间，触刺的草缝里耐心的寻路，那时候艰难，苦痛，消耗，在在是可能的，在你这水一般灵动，水一般柔顺的寻求同情的心能找到平安欣快以前。

　　我所以说朋友是奢华；"相知"是宝贝，但得拿真性情的血本去换，去拼。因此我不敢轻易说话，因为我自己知道我的来源有限，十分的谨慎尚且不时有破产的恐惧；我不能随便"化"。前天有几位小朋友来邀我跟你们讲话，他们的恳切折服了我，使我不得不从命，但是小朋友们，说也惭愧，我拿什么来给你们呢？

　　我最先想来对你们说些孩子话，因为你们都还是孩子。但是那孩子的我到哪里去了？仿佛昨天我还是个孩子，今天不知怎的就变了样。什么是孩子要不为一点活泼的天真，但天真就比是泥土里的嫩芽，天冷泥土硬就压住了它的生机——这年头问谁去要和暖的春风？

孩子是没了。你记得的只是一个不清切的影子，麻糊得紧，我这时候想起就像是一个瞎子追念他自己的容貌，一样的记不周全：他即使想急了拿一只手到脸上去印下一个模子来，那样子也是个死的。真的没了。一天在公园里见一个小朋友不提多么活动，一忽儿上山，一忽儿爬树，一忽儿溜冰，一忽儿干草里打滚，要不然就跳着憨笑；我看着羡慕，也想学样，跟他一起玩，但是不能，我是一个大人，身上穿着长袍，心里存着体面，怕招人笑，天生的灵活换来矜持的存心——孩子，孩子是没有的了，有的只是一个年岁与教育蛀空了的躯壳，死僵僵的，不自然的。

我又想找回我们天性里的野人来对你们说话，因为野人也是接近自然的；我前几年过印度时得到极刻心的感想，那里的街道房屋以及土人的体肤容貌，生活的习惯，虽则简，虽则陋，虽则不夸张，却处处与大自然——上面碧蓝的天，火热的阳光，地下焦黄的泥土，高矗的椰树——相调谐，情调，色彩，结构，看来有一种意义的一致，就比是一件完美的艺术的作品。也不知怎的，那天看了他们的街，街上的牛车，赶车的老头露着他的赤光的头颅与比紫姜色的圆肚，他们的庙，庙里的圣像与神座前的花，我心里只是不自在，就仿佛这情景是一个熟悉的声音的叫唤，叫你去跟着他，你的灵魂也何尝不活跳跳的想答应一声"好，我来了"。但是不能，又有碍路的挡着你，不许你回复这叫唤声启示给你的自由。困着你的是你的教育；我那时的难受就比是一条蛇摆脱不下困住他的一个硬性的外壳——野人也给压住了，永远出不来。

　　所以今天站在你们上面的我不再是融会自然的野人，也不是天机活灵的孩子：我只是一个"文明人"，我能说的只是"文明话"。但什么是文明只是堕落？文明人的心里只有种种虚荣的念头，他到处忙不算，到处都得计较成败。我怎么能对着你们不感觉惭愧？不了解自然不仅是我的心，我的话也是的。并且我即使有话说也没法表现，即使有思想也不能使你们了解；内里那点子性灵就比是在一座石壁里牢牢的砌住，一丝光亮都不透，就凭这只眼望见你们，但有什么法子可以传达我的意思给你们，我已经忘却了原来的语言，还有什么话可说的？

　　但我的小朋友们还是逼着我来说谎（没有话说而勉强说话便是谎）。知识，我不能给；要知识你们得请教教育家去，我这里是没有的。智慧，更没有了：智慧是地狱里的花果，能进地狱更能出地狱的才采得着智慧，不去地狱的便没有智慧——我是没有的。

　　我正发窘的时候，来了一个救星——就是我手里这一小幅面，等我来讲道理给你们听。这张画是我的拜年片，一个朋友替我制的。你们看这个小孩子在海边沙滩上独自的玩，赤脚穿着草鞋，右手提着一枝花，使劲把它往沙里栽，左手提着一把浇花的水壶，壶里水点一滴滴的往下掉着。离着小孩不远看得见海里翻动着的波澜。

　　你们看出了这画的意思没有？

　　在海砂里种花。在海砂里种花！那小孩这一番种的热心怕是白费的了。砂碛是养不活鲜花的，这几点淡水是不能帮忙的：也许等不到小孩转身，这一朵小花已经支不住阳光的逼迫，就得交卸他有限的生命，枯萎了去。况且那海水的浪头也快打过来了，海浪冲来时不说这朵小小的花，就是大根的树也怕站不住——所以这花落在海边上是绝望的了，小孩这番力量准是白化的了。

　　你们一定很能明白这个意思。我的朋友是很聪明的，他拿这画意来比我们一群呆子，乐意在白天里做梦的呆子，满心想在海砂里种花的傻子。画里的小孩拿着有限的几滴淡水想维持花的生命，我们一群梦人也想在现在比沙漠还要干枯比沙滩更没有生命的社会里，凭着最有限的力量，想下几颗文艺与思想的种子，这不是一样的绝望，一样的傻？想在海砂里种花，想在海砂里种花，多可笑呀！但我的聪明的朋友说，这幅小小画里的意思还不止此；讽刺不是她的目的。她要我们更深一层看。在我们看来海砂里种花是傻气，但在那小孩自己却不觉得。他的思想是单纯的，他的信仰也是单纯的。他知道的是什么？他知道花是可爱的，可爱的东西应得帮助他发长；他平常看见花草都是从地土里长出来的，他看来海砂也只是地，为什么海砂里不能长花他没有想到，也不必想到，他就知道拿花来栽，拿水去浇，只要那花在地上站直了他就欢喜，他就乐，他就会跳他的跳，唱他的唱，来赞美这美丽的生命，以后怎么样，海砂的性质，花的运命，他全管不着！我们知道小孩们怎样的崇拜自然，他的身体虽则小，他的灵魂却是大着，他的衣服也许脏，他的心可是洁净的。这里还有一幅画，这是自然的崇拜，你们看这孩子在月光下跪着拜一朵低头的百合花，这时候他的心与月光一般的清洁，与花一般的美丽，与夜一般的安静。我们可以知道到海边上来种花那孩子的思想与这月下拜花的孩子的思想会得跪下的——单纯，清洁，我们可以想像那一个孩子把花栽好了也是一样来对着花膜拜祈祷——他能把花暂时栽了起来便是他的成功，此外以后怎么样不是他的事情了。

　　你们看这个象征不仅美，并且有力量；因为它告诉我们单纯的信心是创作的泉源——这单纯的烂漫的天真是最永久最有力量的东西，阳光烧不焦他，狂风吹不倒他，海水冲不了他，黑暗掩不了他——地面上的花朵有被摧残有消灭的时候，但小孩爱花种花这一点："真"却有的是永久的生命。

我们来放远一点看。我们现有的文化只是人类在历史上努力与牺牲的成绩。为什么人们肯努力肯牺牲？因为他们有天生的信心；他们的灵魂认识什么是真什么是善什么是美，虽则他们的肉体与智识有时候会诱惑他们反着方向走路；但只要他们认明一件事情是有永久价值的时候，他们就自然的会得兴奋，不期然的自己牺牲，要在这忽忽变动的声色的世界里，赎出几个永久不变的原则的凭证来。耶稣为什么不怕上十字架？密尔顿何以瞎了眼还要做诗，贝德芬何以聋了还要制音乐，密仡郎其罗为什么肯积受几个月的潮湿不顾自己的皮肉与靴子连成一片的用心思，为的只是要解决一个小小的美术问题？为什么永远有人到冰洋尽头雪山顶上去探险？为什么科学家肯在显微镜底下或是数目字中间研究一般人眼看不到心想不通的道理消磨他一生的光阴？

为的是这些人道的英雄都有他们不可摇动的信心；像我们在海砂里种花的孩子一样，他们的思想是单纯的——宗教家为善的原则牺牲，科学家为真的原则牺牲，艺术家为美的原则牺牲——这一切牺牲的结果便是我们现有的有限的文化。

你们想想在这地面上做事难道还不是一样的傻气——这地面还不与海砂一样不容你生根；在这里的事业还不是与鲜花一样的娇嫩？——潮水过来可以冲掉，狂风吹来可以折坏，阳光晒来可以薰焦我们小孩子手里拿着往沙里栽的鲜花，同样的，我们文化的全体还不一样有随时可以冲掉折坏薰焦的可能吗？巴比伦的文明现在哪里？碌碡城曾经在地下埋过千百年，克利脱的文明直到最近五六十年间才完全发见。并且有时一件事实体的存在并不能证明他生命的继续。这区区地球的本体就有一千万个毁灭的可能。人们怕死不错，我们怕死人，但最可怕的不是死的死人，是活的死人，单有躯壳生命没有灵性生活是莫大的悲惨；文化也有这种情形，死的文化到也罢了，最可怜的是勉强喘着气的半死的文化。你们如其问我要例子，我就不迟疑的回答你说，朋友们，贵国的文化便是一个喘着气的活死人！时候已经很久的了，自从我们最后的几个祖宗为了不变的原则牺牲他们的呼吸与血液，为了不死的生命牺牲他们有限的存在，为了单纯的信心遭受当时人的讪笑与侮辱。时候已经很久的了，自从我们最后听见普遍的声音像潮水似的充满着地面。时候已经很久的了，自从我们最后看见强烈的光明像彗星似的扫掠过地面。时候已经很久的了，自从我们最为某种主义流过火热的鲜血。时候已经很久的了，自从我们的骨髓里有胆量，我们的说话里有分量。这是一个极伤心的反省！我真不知道这时代犯了什么不可赦的大罪，上帝竟狠心的赏给我们这样恶毒的刑罚？你看看去这年头到那里去找一个完的男子或是一个完的女子——你们去看去，这年头那一个男子不是阳痿，那一个女子不是鼓胀！要形容我们现在受罪的时期，我们得发明一个比丑更丑比脏更脏比下流更下流比苟且更苟且比懦怯更懦怯的一类生字去！朋友们，真的我心里常常害怕，害怕下回东风带来的不是我们盼望中的春天，不是鲜花青草蝴蝶飞鸟，我怕他带来一个比冬天更枯槁更凄惨更寂寞的死天——因为丑陋的脸子不配穿漂亮的衣服，我们这样丑陋的变态的人心与社会凭什么权利可以问青天要阳光，问地面要青草，问飞鸟要音乐，问花朵要颜色？你问我明天天会不会放亮？我回答说我不知道，竟许不！

归根是我们失去了我们灵性努力的重心，那就是一个单纯的信仰，一点烂漫的童真！不要说到海滩去种花——我们都是聪明人谁愿意做傻瓜去——就是在你自己院子里种花你都懒怕动手哪！最可怕的怀疑的鬼与厌世的黑影已经占住了我们的灵魂！

所以朋友们，你们都是青年，都是春雷声响不曾停止时破绽出来的鲜花，你们再不可堕落了——虽则陷阱的大口满张在你的跟前，你不要怕，你把你的烂漫的天真倒下去，填平了它再往前走——你们要保持那一点的信心，这里面连着来的就是精力与勇敢与灵感——你们要不怕做小傻瓜，尽量在这人道的海滩边种你的鲜花去——花也许会消灭，但这种花的精神是不烂的！

送行

梁实秋

"黯然销魂者，别而已矣。"遥想古人送别，也是一种雅人深致。古时交通不便，一去不知多久，再见不知何年，所以南浦唱支骊歌，灞桥折条杨柳，甚至在阳关敬一杯酒，都有意味。李白的船刚要启碇，汪伦老远地在岸上踏歌而来，那幅情景真是历历如在目前。其妙处在于纯朴真挚，出之以潇洒自然。平凤莫逆于心，临别难分难舍。如果平常我看着你面目可憎，你觉着我语言无味，一旦远离，那是最好不过，只恨世界太小，唯恐将来又要碰头，何必送行？

在现代人的生活里，送行是和拜寿送殡等等一样的成为应酬的礼节之一。"揪着公鸡尾巴"起个大早，迷迷糊糊地赶到车站码头，挤在乱哄哄人群里面，找到你的对象，扯几句淡话，好容易耗到汽笛一叫，然后鸟兽散，吐一口轻松气，嚓着大嘴回家。这叫作周到。在被送的那一方面，觉得热闹，人缘好，没白混，而且体面，有这么多人舍不得我走，斜眼看着旁边的没人送的旅客，相形之下，尤其容易起一种优越之感，不禁精神抖擞，恨不得对每一个送行的人要握八次手，道十回谢。死人出殡，都讲究要有多少亲友执绋，表示恋恋不舍，何况活人？行色不可不壮。

悄然而行似是不大舒服，如果别的旅客在你身旁耀武扬威地与送行的话别，那会增加旅中的寂寞。这种情形，中外皆然。Max Beerbohm 写过一篇《谈送行》，他说他在车站上遇见一位以演剧为业的老朋友在送一位女客，始而喁喁情话，俄而泪湿双颊，终乃汽笛一声，勉强抑止哽咽，向女郎频频挥手，目送良久而别。原来这位演员是在做戏，他并不认识那位女郎，他是属于"送行会"的一个职员，凡是旅客孤身在外而愿有人到站相送的，都可以到"送行会"去雇人来送。这位演员出身的人当然是送行的高手，他能放进感情，表演逼真。客人纳费无多，在精神上受惠不浅。尤其是美国旅客，用金钱在国外可以购买一切，如果"送行会"真的普遍设立起来，送行的人也不虞缺乏了。

送行既是人生中所不可少的一桩事，送行的技术也便不可不注意到。如果送行只限于到车站码头报到，握手而别，那么问题就简单，但是我们中国的一切礼节都把"吃"列为最重要的一个项目。一个朋友远别，生怕他饿着走，饯行是不可少的，恨不得把若干天的营养都一次囤积在他肚里。我想任何人都有这种经验，如有远行而消息外露（多半还是自己宣扬），他有理由期望着饯行的帖子纷至沓来，短期间家里可以不必开伙。还有些思虑更周到的人，把食物携在手上，亲自送到车上船上，好像是你在半路上会要挨饿的样子。

我永远不能忘记最悲惨的一幕送行。一个严寒的冬夜，车站上并不热闹，客人和送客的人大都在车厢里取暖，但是在长得没有止境的月台上却有黑查查的一堆送行的人，有的围着斗篷，有的戴着风帽，有的脚尖在洋灰地上敲鼓似的乱动，我走近一看全是熟人，都是来送一位太太的。车快开了，不见她的踪影，原来在这一晚她还有几处饯行的宴会。在最后的一分钟，她来了。送行的人们觉得是在接一个人，不是在送一个人，一见她来到大家都表示喜欢，所有惜别之意都来不及表现了。她手上抱着一个孩子，吓得直哭，另一只手扯着一个孩子，连跑带拖，她的头发蓬松着，嘴里喷着热气像是冬天载重的骡子，她顾不得和送行的人周旋，三步两步地就跳上了车。这时候车已在蠕动。送行的人大部分都手里提着一点东西，无法交付，可巧我站在离车门最近的地方，大家把礼物都交给了我，"请您偏劳给送上去吧！"我好像是一个圣诞老人，抱着一大堆礼物，我一个箭步蹿上了车，我来不及致辞，把东西往她身上一扔，回头就走，从车上跳下来的时候，打了几个转才立定脚跟。事后我接到她一封信，她说：

那些送行的都是谁？你丢给我那一堆东西，到底是谁送的？我在车上整理了好半天，才把那堆东西聚拢起来打成一个大包袱。朋友们的盛情算是给我添了一件行李。我愿意知道哪一件东西是哪一位送的，你既是代表送上车的，你当然知道，盼速见告。

计开：水果三筐，泰康罐头四个，果露两瓶，蜜饯四盒，饼干四罐，豆腐乳四罐，蛋糕四盒，西点八盒，纸烟八听，信纸信封一匣，丝袜两双，香水一瓶，烟灰碟一套，小钟一具，衣料两块，酱菜四篓，绣花拖鞋一双，大面包四个，咖啡一斤，小宝剑两把……

这问题我无法答复，至今是个悬案。

　　我不愿送人，亦不愿人送我，对于自己真正舍不得离开的人，离别的那一刹那像是开刀，凡是开刀的场合照例是应该先用麻醉剂，使病人在迷蒙中度过那场痛苦，所以离别的苦痛最好避免。一个朋友说："你走，我不送你，你来，无论多大风多大雨，我要去接你。"我最赏识那种心情。

父母在人生尚有来处，
父母去人生只剩归途

我们忙着工作，忙着生活，却唯独忽略了自己的爸爸妈妈，也忙得忘了自己成为爸爸妈妈。孝别等，爱别迟，来日并不方长，常回家看看，趁父母还在，孩子还小！

我的母亲

老舍

　　母亲的娘家是北平德胜门外，土城儿外边，通大钟寺的大路上的一个小村里。村里一共有四五家人家，都姓马。大家都种点不十分肥美的地，但是与我同辈的兄弟们，也有当兵的，作木匠的，作泥水匠的，和当巡察的。他们虽然是农家，却养不起牛马，人手不够的时候，妇女便也须下地作活。

　　对于姥姥家，我只知道上述的一点。外公外婆是什么样子，我就不知道了，因为他们早已去世。至于更远的族系与家史，就更不晓得了；穷人只能顾眼前的衣食，没有功夫谈论什么过去的光荣；"家谱"这字眼，我在幼年就根本没有听说过。

　　母亲生在农家，所以勤俭诚实，身体也好。这一点事实却极重要，因为假若我没有这样的一位母亲，我以为我恐怕也就要大大的打个折扣了。

　　母亲出嫁大概是很早，因为我的大姐现在已是六十多岁的老太婆，而我的大外甥女还长我一岁啊。我有三个哥哥，四个姐姐，但能长大成人的，只有大姐，二姐，三姐，三哥与我。我是"老"儿子。生我的时候，母亲已有四十一岁，大姐二姐已都出了阁。

由大姐与二姐所嫁入的家庭来推断，在我生下之前，我的家里，大概还马马虎虎的过得去。那时候定婚讲究门当户对，而大姐丈是作小官的，二姐丈也开过一间酒馆，他们都是相当体面的人。

可是，我，我给家庭带来了不幸：我生下来，母亲晕过去半夜，才睁眼看见她的老儿子——感谢大姐，把我揣在怀中，致未冻死。

一岁半，我把父亲"克"死了。

兄不到十岁，三姐十二三岁，我才一岁半，全仗母亲独力抚养了。父亲的寡姐跟我们一块儿住，她吸鸦片，她喜摸纸牌，她的脾气极坏。为我们的衣食，母亲要给人家洗衣服，缝补或裁缝衣裳。在我的记忆中，她的手终年是鲜红微肿的。白天，她洗衣服，洗一两大绿瓦盆。她作事永远丝毫也不敷衍，就是屠户们送来的黑如铁的布袜，她也给洗得雪白。晚间，她与三姐抱着一盏油灯，还要缝补衣服，一直到半夜。她终年没有休息，可是在忙碌中她还把院子屋中收拾得清清爽爽。桌椅都是旧的，柜门的铜活久已残缺不全，可是她的手老使破桌面上没有尘土，残破的铜活发着光。院中，父亲遗留下的几盆石榴与夹竹桃，永远会得到应有的浇灌与爱护，年年夏天开许多花。

哥哥似乎没有同我玩耍过。有时候，他去读书；有时候，他去学徒；有时候，他也去卖花生或樱桃之类的小东西。母亲含着泪把他送走，不到两天，又含着泪接他回来。我不明白这都是什么事，而只觉得与他很生疏。与母亲相依为命的是我与三姐。因此，她们作事，我老在后面跟着。她们浇花，我也张罗着取水；她们扫地，我就撮土……从这里，我学得了爱花，爱清洁，守秩序。这些习惯至今还被我保存着。有客人来，无论手中怎么窘，母亲也要设法弄一点东西去款待。舅父与表哥们往往是自己掏钱买酒肉食，这使她脸上羞得飞红，可是殷勤的给他们温酒作面，又结她一些喜悦。遇上亲友家中有喜丧事，母亲必把大褂洗得干干净净，亲自去贺吊——份礼也许只是两吊小钱。到如今如我的好客的习性，还未全改，尽管生活是这么清苦，因为自幼儿看惯了的事情是不易改掉的。

姑母常闹脾气。她单在鸡蛋里找骨头。她是我家中的阎王。直到我入了中学，她才死去，我可是没有看见母亲反抗过。"没受过婆婆的气，还不受大姑子的吗？命当如此！"母亲在非解释一下不足以平服别人的时候，才这样说。是的，命当如此。母亲活到老，穷到老，辛苦到老，全是命当如此。她最会吃亏。给亲友邻居帮忙，她总跑在前面：她会给婴儿洗三——穷朋友们可以因此少花一笔"请姥姥"钱——她会刮痧，她会给孩子们剃头，她会给少妇们绞脸……凡是她能作的，都有求必应。但是吵嘴打架，永远没有她。她宁吃亏，不逗气。当姑母死去的时候，母亲似乎把一世的委屈都哭了出来，一直哭到坟地。不知道哪里来的一位侄子，声称有承继权，母亲便一声不响，教他搬走那些破桌子烂板凳，而且把姑母养的一只肥母鸡也送给他。

可是，母亲并不软弱。父亲死在庚子闹"拳"的那一年。联军入城，挨家搜索财物鸡鸭，我们被搜两次。母亲拉着哥哥与三姐坐在墙根，等着"鬼子"进门，街门是开着的。"鬼子"进门，一刺刀先把老黄狗刺死，而后入室搜索。他们走后，母亲把破衣箱搬起，才发现了我。假若箱子不空，我早就被压死了。皇上跑了，丈夫死了，鬼子来了，满城是血光火焰，可是母亲不怕，她要在刺刀下，饥荒中，保护着儿女。北平有多少变乱啊，有时候兵变了，街市整条的烧起，火团落在我们院中。有时候内战了，城门紧闭，铺店关门，昼夜响着枪炮。这惊恐，这紧张，再加上一家饮食的筹划，儿女安全的顾虑，岂是一个软弱的老寡妇所能受得起的？可是，在这种时候，母亲的心横起来，她不慌不哭，要从无办法中想出办法来。她的泪会往心中落！这点软而硬的个性，也传给了我。我对一切人与事，都取和平的态度，把吃亏看作当然的。但是，在作人上，我有一定的宗旨与基本的法则，什么事都可将就，而不能超过自己划好的界限。我怕见生人，怕办杂事，怕出头露面；但是到了非我去不可的时候，我便不得不去，正像我的母亲。从私塾到小学，到中学，我经历过起码有二十位教师吧，其中有给我很大影响的，也有毫无影响的，但是我的真正的教师，把性格传给我的，是我的母亲。母亲并不识字，她给我的是生命的教育。

当我在小学毕了业的时候，亲友一致的愿意我去学手艺，好帮助母亲。我晓得我应当去找饭吃，以减轻母亲的勤劳困苦。可是，我也愿意升学。我偷偷的考入了师范学校——制服，饭食，书籍，宿处，都由学校供给。只有这样，我才敢对母亲提升学的话。入学，要交十元的保证金。这是一笔巨款！母亲作了半个月的难，把这巨款筹到，而后含泪把我送出门去。她不辞劳苦，只要儿子有出息。当我由师范毕业，而被派为小学校校长，母亲与我都一夜不曾合眼。我只说了句："以后，您可以歇一歇了！"她的回答只有一串串的眼泪。我入学之后，三姐结了婚。母亲对儿女是都一样疼爱的，但是假若她也有点偏爱的话，她应当偏爱三姐，因为自父亲死后，家中一切的事情都是母亲和三姐共同撑持的。三姐是母亲的右手。但是母亲知道这右手必须割去，她不能为自己的便利而耽误了女儿的青春。当花轿来到我们的破门外的时候，母亲的手就和冰一样的凉，脸上没有血色——那是阴历四月，天气很暖。大家都怕她晕过去。可是，她挣扎着，咬着嘴唇，手扶着门框，看花轿徐徐的走去。不久，姑母死了。三姐已出嫁，哥哥不在家，我又住学校，家中只剩母亲自己。她还须自晓至晚的操作，可是终日没人和她说一句话。新年到了，正赶上政府倡用阳历，不许过旧年。除夕，我请了两小时的假。由拥挤不堪的街市回到清炉冷灶的家中。母亲笑了。及至听说我还须回校，她愣住了。半天，她才叹出一口气来。到我该走的时候，她递给我一些花生，"去吧，小子！"街上是那么热闹，我却什么也没看见，泪遮迷了我的眼。今天，泪又遮住了我的眼，又想起当日孤独的过那凄惨的除夕的慈母。可是慈母不会再候盼着我了，她已入了土！

儿女的生命是不依顺着父母所设下的轨道一直前进的，所以老人总免不了伤心。我二十三岁，母亲要我结了婚，我不要。我请来三姐给我说情，老母含泪点了头。我爱母亲，但是我给了她最大的打击。时代使我成为逆子。二十七岁，我上了英国。为了自己，我给六十多岁的老母以第二次打击。在她七十大寿的那一天，我还远在异域。那天，据姐姐们后来告诉我，老太太只喝了两口酒，很早的便睡下。她想念她的幼子，而不便说出来。

七七抗战后，我由济南逃出来。北平又像庚子那年似的被鬼子占据了，可是母亲日夜惦念的幼子却跑西南来。母亲怎样想念我，我可以想象得到，可是我不能回去。每逢接到家信，我总不敢马上拆看，我怕，怕，怕，怕有那不祥的消息。人，即使活到八九十岁，有母亲便可以多少还有点孩子气。失了慈母便像花插在瓶子里，虽然还有色有香，却失去了根。有母亲的人，心里是安定的。我怕，怕，怕家信中带来不好的消息，告诉我已是失了根的花草。

去年一年，我在家信中找不到关于老母的起居情况。我疑虑，害怕。我想象得到，如有不幸，家中念我流亡孤苦，或不忍相告。

母亲的生日是在九月，我在八月半写去祝寿的信，算计着会在寿日之前到达。信中嘱咐千万把寿日的详情写来，使我不再疑虑。十二月二十六日，由文化劳军的大会上回来，我接到家信。我不敢拆读。就寝前，我拆开信，母亲已去世一年了！

生命是母亲给我的。我之能长大成人，是母亲的血汗灌养的。我之能成为一个不十分坏的人，是母亲感化的。我的性格，习惯，是母亲传给的。她一世未曾享过一天福，临死还吃的是粗粮。唉！还说什么呢？心痛！心痛！

背影

朱自清

我与父亲不相见已二年余了，我最不能忘记的是他的背影。

那年冬天，祖母死了，父亲的差使也交卸了，正是祸不单行的日子。我从北京到徐州，打算跟着父亲奔丧回家。到徐州见着父亲，看见满院狼藉的东西，又想起祖母，不禁簌簌地流下眼泪。父亲说："事已如此，不必难过，好在天无绝人之路！"

回家变卖典质，父亲还了亏空；又借钱办了丧事。这些日子，家中光景很是惨淡，一半为了丧事，一半为了父亲赋闲。丧事完毕，父亲要到南京谋事，我也要回北京念书，我们便同行。

到南京时，有朋友约去游逛，勾留了一日；第二日上午便须渡江到浦口，下午上车北去。父亲因为事忙，本已说定不送我，叫旅馆里一个熟识的茶房陪我同去。他再三嘱咐茶房，甚是仔细。但他终于不放心，怕茶房不妥帖；颇踌躇了一会。其实我那年已二十岁，北京已来往过两三次，是没有什么要紧的了。他踌躇了一会，终于决定还是自己送我去。我再三劝他不必去；他只说："不要紧，他们去不好！"

我们过了江，进了车站。我买票，他忙着照看行李。行李太多了，得向脚夫行些小费才可过去。他便又忙着和他们讲价钱。我那时真是聪明过分，总觉他说话不大漂亮，非自己插嘴不可，但他终于讲定了价钱；就送我上车。他给我拣定了靠车门的一张椅子；我将他给我做的紫毛大衣铺好座位。他嘱我路上小心，夜里要警醒些，不要受凉。又嘱托茶房好好照应我。我心里暗笑他的迂；他们只认得钱，托他们只是白托！而且我这样大年纪的人，难道还不能料理自己么？唉，我现在想想，那时真是太聪明了！

　　我说道，"爸爸，你走吧。"他往车外看了看，说："我买几个橘子去。你就在此地，不要走动。"我看那边月台的栅栏外有几个卖东西的等着顾客。走到那边月台，须穿过铁道，须跳下去又爬上去。父亲是一个胖子，走过去自然要费事些。我本来要去的，他不肯，只好让他去。我看见他戴着黑布小帽，穿着黑布大马褂，深青布棉袍，蹒跚地走到铁道边，慢慢探身下去，尚不大难。可是他穿过铁道，要爬上那边月台，就不容易了。他用两手攀着上面，两脚再向上缩；他肥胖的身子向左微倾，显出努力的样子。这时我看见他的背影，我的泪很快地流下来了。我赶紧拭干了泪。怕他看见，也怕别人看见。我再向外看时，他已抱了朱红的橘子望回走了。过铁道时，他先将橘子散放在地上，自己慢慢爬下，再抱起橘子走。到这边时，我赶紧去搀他。他和我走到车上，将橘子一股脑儿放在我的皮大衣上。于是扑扑衣上的泥土，心里很轻松似的。过一会儿说，"我走了，到那边来信！"我望着他走出去。他走了几步，回过头看见我，说，"进去吧，里边没人。"等他的背影混入来来往往的人里，再找不着了，我便进来坐下，我的眼泪又来了。

　　近几年来，父亲和我都是东奔西走，家中光景是一日不如一日。他少年出外谋生，独力支持，做了许多大事。哪知老境却如此颓唐！

他触目伤怀，自然情不能自已。情郁于中，自然要发之于外；家庭琐屑便往往触他之怒。他待我渐渐不同往日。但最近两年不见，他终于忘却我的不好，只是惦记着我，惦记着我的儿子。我北来后，他写了一信给我，信中说道，"我身体平安，惟膀子疼痛厉害，举箸提笔，诸多不便，大约大去之期不远矣。"我读到此处，在晶莹的泪光中，又看见那肥胖的、青布棉袍黑布马褂的背影。唉！我不知何时再能与他相见！

父亲做小孩子的时候

废名

民国二十八年秋季我在黄梅县小学教国语，那时交通隔绝，没有教科书，深感教材困难，同时社会上还是《古文观止》有势力，我个人简直奈他不何。于是我想自己写些文章给小孩们看，总题目为"父亲做小孩子的时候"。这是我的诚意，也是我的战略，因为这些文章我是叫我自己的小孩子看的，你能禁止我不写白话文给我自己的小孩子看吗？孰知小学国语教师只做了一个学期功课，又太忙写了一篇文章就没写了，而且我知道这篇文章是失败的，因为小学生看不懂。后来我在县初中教英语，有许多学生又另外从我学国文，这时旧的初中教科书渐渐发现了，我乃注意到中学教科书里头有好些文章可以给学生读，比我自己来写要事半功倍得多，于是我这里借一种，那里借一种，差不多终日为他们找教科书选文章。我选文章时的心情，当得起大公无私，觉得自己的文章当初不该那样写，除了《桥》里头有数篇可取外，没有一篇敢保荐给自己的小孩子看，这不是自己的一个大失吗？做了这么的一个文学家能不惶恐吗？而别人的文章确是有好的，我只可惜他们都太写少了，如今这些少数的文章应该是怎样的可贵呵，从我一个做教师与做父亲的眼光看来。现在我还想将"父亲做小孩子的时候"继续写下去，文章未必能如自己所理想的，我理想的是要小孩子喜欢读，容易读，内容则一定不差，有当作家训的意思。《五祖寺》这一篇是二十八年写的，希望以后写得好些，不要显得"庄严"相。

三十五年十一月八日废名记于北平。

五祖寺

现在我住的地方离五祖寺不过五里路，在我来到这里的第二天我已经约了两位朋友到五祖寺游玩过了。大人们做事真容易，高兴到那里去就到那里去！我说这话是同情于一个小孩子，便是我自己做小孩子的时候。真的，我以一个大人来游五祖寺，大约有三次，每回在我一步登高之际，不觉而回首望远，总很有一个骄傲，仿佛是自主做事的快乐，小孩子所欣羡不来的了。这个快乐的情形，在我做教师的时候也相似感到，比如有时告假便告假，只要自己开口说一句话，记得做小学生的时候总觉得告假是一件很不容易的事了。总之我以一个大人总常常同情于小孩子，尤其是我自己做小孩子的时候，——因之也常常觉得成人的不幸，凡事应该知道临深履薄的戒惧了，自己作主是很不容易的。因之我又常常羡慕我自己做小孩时的心境，那真是可以赞美的，在一般的世界里，自己那么的繁荣自己那么的廉贞了。五祖寺是我小时所想去的地方，在大人从四祖，五祖回来带了喇叭，木鱼给我们的时候，幼稚的心灵，四祖寺，五祖寺真是心向往之，五祖寺又更是那么的有名，天气晴朗站在城上可以望得见那个庙那个山了。从县城到五祖山脚下有二十五里，从山脚下到庙里有五里。这么远的距离，那时我，一个小孩子，自己知道到五祖寺去玩是不可能的了。然而有一回做梦一般的真个走到五祖寺的山脚下来了，大人们带我到五祖寺来进香，而五祖寺在我竟是过门不入。这个，也不使我觉得奇怪，为什么不带我到山上去呢？也不觉得怅惘。只是我一个小孩子在一天门的茶铺里等候着，尚被系坐在车子上未解放下来，心里确是有点孤寂了。最后望见外祖母，母亲姊姊从那个山路上下来了，又回到我们这个茶铺所在的人间街上来了，（我真仿佛他们好容易是从天上下来）甚是喜悦。我，一个小孩子，似乎记得始终没有说一句话。到现在那件过门不入的事情，似乎还是没有话可说，即是说没有质问大人们为什么不带我上山去的意思，过门不入也是一个圆满，其圆满真仿佛是一个人间的圆满，就在这里为止也一点没有缺欠。所以我先前说我在茶铺里坐在车上望着大人们从山上下来好像从天上下来，是一个实在的感觉。那时我满了六岁，已经上学了，所以寄放在一天门的原故，大约是到五祖寺来进香小孩子们普遍的情形，因为山上的路车子不能上去！只好在山脚下茶铺里等着。或者是我个人特别的情形亦未可知，因为我记得那时我是大病初愈，还不能好好的走路，外祖母之来五祖寺进香乃为我求福了，不能好好走路的小孩子便不能跟大人一路到山上，故寄放在一天门。不论为什么原故，其实没有关系，因为我已经说明了，那时我一个小孩子便没有质问的意思，叫我在这里等着就在这里等着了。这个忍耐之德，是我的好处。最可赞美的，他忍耐着他不觉苦恼，忍耐又给了他许多涵养，因为我，一个小孩子，每每在这里自己游戏了，到长大之后也就在这里生了许多记忆。现在我总觉得到五祖寺进香是一个奇迹，仿佛昼与夜似的完全，一天门以上乃是我的夜之神秘了。这个夜真是给了我一个很好的记忆。后来我在济南千佛山游玩，走到一个小庙之前白墙上横写着一天门三个字，我很觉得新鲜，"一天门？"真的我这时乃看见一天门三个字这么个写法，儿时听惯了这个名字，没想到这个名字应该怎么写了。原来这里也有一天门，我以为一天门只在我们家乡五祖寺了。然而一天门总还在五祖寺，以后我总仿佛"一天门"三个字写在一个悬空的地方，这个地方便是我记忆里的一天门了。我记忆里的一天门其实什么也不记得，真仿佛是一个夜了。今年我自从来到停前之后，打一天门经过了好几回，一天门的街道是个什么样子我曾留心看过，但这个一天门也还是与我那个一天门全不相干，我自己好笑了。写到这里，我想起了二天门。今年四月里，我在多云山一个亲戚家里住，一天约了几个人到五祖寺游玩，走进一天门，觉得不像，也就算了，但由一天门上山的那个路我仿佛记得是如此，因此我很喜欢的上着这个路，一直走到二天门，石径之间一个小白屋，上面写"二天门"，大约因为一天门没有写着一天门的原故，故我，一个大人，对于这个二天门很表示着友爱了，见了这个数目字很感着有趣，仿佛是第一回明白一个"一"字又一个"二"字那么好玩。我记得小时读"一去二三里，烟村四五家，楼台六七座，八九十枝花"，起初只是唱着和着罢了，有一天忽然觉着这里头有一二三四五六七八九十，十个字，乃拾得一个很大的喜悦，不过那个喜悦甚是繁华，虽然只是喜欢那几个数目字，实在是仿佛喜欢一天的星，一春的花；这回喜欢"二天门"，乃是喜欢数目字而已，至多不过旧雨重逢的样子，没有另外的儿童世界了。

后来我在二天门休息了不小的工夫，那里等与一个凉亭，半山之上，对于上山的人好像简单一把扇子那么可爱。

那么儿时的五祖寺其实乃与五祖寺毫不相干，然而我喜欢写五祖寺这个题目。我喜欢这个题目的原故，恐怕还因为五祖寺的归途。到现在我也总是记得五祖寺的归途，其实并没有记住什么，仿佛记得天气，记得路上有许多桥，记得沙子的路。一个小孩子，坐在车上，我记得他同大人们没有说话，他那么沉默着，喜欢过着木桥，这个木桥后来乃像一个影子的桥，它那么的没有缺点，永远在一个路上。稍大读《西厢记》，喜欢"四围山色中，一鞭残照里"两句，也便是唤起了五祖寺归途的记忆，不过小孩子的"残照"乃是朝阳的憧憬罢了。因此那时也懂得读书的快乐。我真要写当时的情景其实写不出，我的这个好题目乃等于交一份白卷了。

秋天的怀念

史铁生

双腿瘫痪后，我的脾气变得暴怒无常。望着望着天上北归的雁阵，我会突然把面前的玻璃砸碎；听着听着李谷一甜美的歌声，我会猛地把手边的东西摔向四周的墙壁。母亲就悄悄地躲出去，在我看不见的地方偷偷地听着我的动静。当一切恢复沉寂，她又悄悄地进来，眼边红红的，看着我。"听说北海的花儿都开了，我推着你去走走。"她总是这么说。母亲喜欢花，可自从我的腿瘫痪后，她侍弄的那些花都死了。"不，我不去！"我狠命地捶打这两条可恨的腿，喊着："我可活什么劲！"母亲扑过来抓住我的手，忍住哭声说："咱娘儿俩在一块儿，好好儿活，好好儿活……"

可我却一直都不知道，她的病已经到了那步田地。后来妹妹告诉我，她常常肝疼得整宿整宿翻来覆去地睡不了觉。

那天我又独自坐在屋里，看着窗外的树叶"刷刷啦啦"地飘落。

母亲进来了，挡在窗前："北海的菊花开了，我推着你去看看吧。"她憔悴的脸上现出央求般的神色。"什么时候？""你要是愿意，就明天？"她说。我的回答已经让她喜出望外了。"好吧，就明天。"我说。她高兴得一会儿坐下，一会儿站起："那就赶紧准备准备。""唉呀，烦不烦？几步路，有什么好准备的！"她也笑了，坐在我身边，絮絮叨叨地说着："看完菊花，咱们就去'仿膳'，你小时候最爱吃那儿的豌豆黄儿。还记得那回我带你去北海吗？你偏说那杨树花是毛毛虫，跑着，一脚踩扁一个……"她忽然不说了。对于"跑"和"踩"一类的字眼儿，她比我还敏感。她又悄悄地出去了。

她出去了，就再也没回来。

邻居们把她抬上车时，她还在大口大口地吐着鲜血。我没想到她已经病成那样。看着三轮车远去，也绝没有想到那竟是永远的诀别。

邻居的小伙子背着我去看她的时候，她正艰难地呼吸着，像她那一生艰难的生活。别人告诉我，她昏迷前的最后一句话是："我那个有病的儿子和我那个还未成年的女儿……"

又是秋天，妹妹推我去北海看了菊花。黄色的花淡雅，白色的花高洁，紫红色的花热烈而深沉，泼泼洒洒，秋风中正开得烂漫。我懂得母亲没有说完的话。妹妹也懂。我俩在一块儿，要好好儿活……

家书一封

老舍

××：

接到信，甚慰！济与乙都去上学，好极！唯儿女聪明不齐，不可勉强，致有损身心。我想，他们能粗识几个字，会点加减法，知道一点历史，便已够了。只要身体强壮，将来能学一份手艺，即可谋生，不必非入大学不可。假若看到我的女儿会跳舞演讲，有作明星的希望，我的男孩能体健如牛，吃得苦，受得累，我必非常欢喜！我愿自己的儿女能以血汗挣饭吃，一个诚实的车夫或工人一定强于一个贪官污吏，你说是不是？教他们多游戏，不要紧逼他们读书习字；书呆子无机会腾达，有机会作官，则必贪污误国，甚为可怕！

至于小雨，更宜多玩耍，不可教她识字；她才刚四岁呀！每见摩登夫妇，教三四岁小孩识字号，客来则表演一番，是以儿童为玩物，而忘了儿童的身心教育甚慢，不可助长也。

我近来身体稍强，食眠都好，唯仍未敢放胆写作，怕再患头晕也。给我看病的是一位熟大夫，医道高，负责任，他不收我的诊费，而且照原价卖给我药品，真可感激！前几天，他给我检查身体，说：已无大病，只是亏弱，需再打一两打补血针。现已开始。病中，才知道身体的重要。没有它，即使是圣人也一筹莫展！

　　春来了，我的阴暗的卧室已有阳光，桌上边有一枝桃花插在曲酒瓶中。

　　祝你健康！代我吻吻儿女们！

舍上，三，十。

致思成书

梁启超

今天报纸上传出可怕的消息，我不忍告诉你，又不能不告诉你，你要十二分镇定着，看这封信和报纸。

我们总还希望这消息是不确的，我见报后，立刻叫王姨入京，到林家探听，且切实安慰徽音的娘，过一两点他回来，或者有别的较好消息也不定。

林叔叔这一年来的行动，实亦有些反常，向来很信我的话，不知何故，一年来我屡次忠告，他都不采纳。我真是一年到头替他捏着一把汗，最后这一着真是更出我意外。他事前若和我商量，我定要尽我的力量叩马而谏，无论如何决不让他往这条路上走。他一声不响，直到走了过后第二日，我才在报纸上知道，第三日才有人传一句口信给我，说他此行是以进为退，请我放心。其实我听见这消息，真是十倍百倍地替他提心吊胆，如何放心得下。当时我写信给你和徽音，报告他平安出京，一面我盼望在报纸上得着他脱离虎口的消息，但此虎口之不易脱离，是看得见的。

前事不必提了，我现在总还存万一的希冀，他能在乱军中逃命出来。万一这种希望得不着，我有些话切实嘱咐你。

　　第一，你要自己十分镇静，不可因刺激太剧，致伤自己的身体。因为一年以来，我对于你的身体，始终没有放心，直到你到阿图利后，姊妹来信，我才算没有什么挂虑。现在又要挂虑起来了，你不要令万里外的老父为着你寝食不宁，这是第一层。徽音遭此惨痛，惟一的伴侣，惟一的安慰，就只靠你。你要自己镇静着，才能安慰他，这是第二层。

　　第二，这种消息，谅来瞒不过徽音。万一不幸，消息若确，我也无法用别的话解劝他，但你可以传我的话告诉：我和林叔的关系，他是知道的，林叔的女儿，就是我的女儿，何况更加以你们两个的关系。我从今以后，把他和思庄一样地看待，在无可慰藉之中，我愿意他领受我这种十二分的同情，渡过他目前的苦境。他要鼓起勇气，发挥他的大才，完成他的学问，将来和你共同努力，替中国艺术界有点贡献，才不愧为林叔叔的好孩子。这些话你要用尽你的力量来开解他。

　　人之生也，与忧患俱来，知其无可奈何，而安之若命。你们都知道我是感情最强烈的人，但经过若干时候之后，总能拿出理性来镇住他，所以我不致受感情牵动，糟蹋我的身子，妨害我的事业。这一点你们虽然不容易学到，但不可不努力学学。

　　徽音留学总要以和你同时归国为度。学费不成问题，只算我多一个女儿在外留学便了，你们更不必因此着急。

民国十四年十二月二十七日

致梁思成、林徽音书

梁启超

思成、微音：

近日有好几封专给你们的信，由姊姊那边转寄，只怕会到在此信之后。

你们沿途的明信片尚未收到。巴黎来的信已到了，那信颇有文学的趣味，令我看着很高兴。我盼望你们的日记没有间断。日记固然以当日做成为最好，但每日参观时跑路极多，欲全记甚难，宜记大略而特将注意之点记起（用一种特别记忆术），备他日重观时得以触发续成，所记范围切不可宽泛，专记你们共有兴味的那几件——美术、建筑、戏剧、音乐便够了，最好能多作"漫画"。你们两人同游有许多特别便利处，只要记个大概。将来两人并着覆勘原稿，彼此一谈，当然有许多遗失的印象会复活许多，模糊的印象会明了起来。

能做成一部"审美的"游记也算得中国空前的著述。况且你们是蜜月快游，可以把许多温馨芳洁的爱感，进溢在字里行间，用点心去做，可成为极有价值的作品。

东北大学和清华大学都议聘思成当教授，东北尤为合适。今将李同来书寄阅——杨廷宝前几天来面谈，所说略同。关于此事，我有点着急，因为未知你们意思如何（多少留学生回来找不着职业，所以机不可失）。但机会不容错过，我已代你权且答应东北（清华拟便辞却），等那边聘书来时，我径自替你收下了。

时局变化剧烈，或者你们回来时，两个学校都有变动，也未可知，且不管他，到那时再说，好在你们一年半载不得职业也不要紧。

但既就教职，非九月初到校不可，欧游时间不能不缩短，很有点可惜。而且无论如何赶路，怕不能在开学前回福州了。只好等寒假再说。关于此点，我很替徽音着急。又你们既决就东北，则至迟八月初非到津不可，因为庙见大礼万不能不举行。举行必须你们到家后有几天的预备才能办到。庙见后你们又必须入京省墓一次，所以在京津间最少要有半个月以上的工夫。赶路既如此忙迫，不必把光阴费在印度洋了，只好走西伯利亚罢。但何日动身、何日到本国境，总要先二十来天发一电来，等我派人去招呼，以免留滞。

我一月来体子好极了，便血几乎全息，只是这一个多月过"老太爷生活"，似乎太过分些，每天无所事事，恰好和老白鼻成一对。

今天起得特别早，太阳刚出，便在院子里徘徊，"绿阴幽草胜花时"，好个初夏天气也。

爹爹五月十四日

爱需要回应，
陪伴才是最长情的告白

把手放在你的手里，说一点又旧又暖的事，模糊断续，像老唱片。有时候，说着就睡着了。

要是我们两人一同在雨声里做梦，那境界是如何不同；或者一同在雨声里失眠，那也是何等有味。

朱生豪致宋清如（三则）

朱生豪

要是世上只有我们两个人多好

宋：

你把我杀了吧，我越变越不好了。

我想不出你将来会变得怎样，但很知道我自己将来会变得怎样，当我看见一个眼睛似乎很贪馋，走路东张西望，时常踩在人家脚上，嘴里似乎喃喃自语的老头子，我就认识，这就是我。

今天幸亏天气好——不热，有些雨，否则我一定已经死了，最近的将来我一定要生几天病，因为好久不病了。

要是世上只有我们两个人多么好，我一定要把你欺负得哭不出来。

但词四首（借用张荃女史诗韵）

水面花飘水面舟，猖狂一辈少年游。

宁教飞花随水去，莫令插向老人头。

美人汗与花香融，且敞罗衫纳野风。

春去春来都不管，好酒能驻朱颜红。

恼杀枝头间关禽，恼杀一院春光深。

敲碎一树桃李花，莫教历落乱侬心。

陌上花儿缓缓开，天涯游子迟迟回。

只愁来早去亦早，不如日日盼伊来。

我爱宋清如，因为她是那么好。比她更好的人，古时候没有，以后也不会有，现在绝对再找不到，我甘心被她吃瘪。

我吃力得很，祝你非常好，许我和你偎一偎脸颊。

无赖星期日

醒来觉得甚是爱你

昨夜我看见郑天然（朱生豪的同学加好友）向我苦笑。你被谁吹大了，皮肤像酱油一样，样子很不美，我说，你现在身体很好了，说这句话，心里甚为感动，想把你抱起来高高地丢到天上去。醒来觉得甚是爱你。

这两天我很快活，而且骄傲。

你这人，有点太不可怕。尤其是，一点也不莫名其妙。

朱

你总不肯跟我吵架连烦恼都没有寻处

宋家姊姊：

真的，不瞒你说，你的信很使我肚皮饿。发奉

《国际关系论》一部

定价三元八角五折实洋一元九角尊客台照

平淡得乏味，你总不肯跟我吵吵架儿。连烦恼都没有寻处，简直活不了。

祝你不安静。

小巫十五

沈从文致张兆和（三则）

沈从文

梦无凭据

我脱了衣又披起衣来写信了。天气太冷，睡不下去，还不如这样坐起来同你写点什么较好。我不想就睡。因为梦无凭据，与其等候梦中见你，还不如光着眼睛想你较好！你现在一定睡了，你倘若知道我在船上的情形，一定不会睡着的。你若早知道小船上一堆日子是怎样过的，也许不会让我一个人回家的。我本来身体很疲倦，应得睡了，但想着你，心里却十分清醒。我抓我自己的头发，想不出个安慰自己的方法。我很不好受。

二哥

十六日下十点十分

潭中夜渔

我只吃一碗饭，鱼又吃了不少。这时已七点四十，你们也应当吃过饭了。我们的短期分离，我应多受点折磨，方能补偿两人在一处过日子时，我对你疏忽的过失，也方能把两人同车时我看报的神气使你忘掉。我还正在各种过去事情上，找寻你的弱点与劣点，以为这样一来，也许我就可以少担负一份分离的痛苦。但出人意料的是我越找寻你坏处，就越觉得你对我的好处……

夜晚了，船已停泊，不必担心相片着水，我这时又把你同四丫头的相从箱中取出来了。我只想你们从相片上跳下来，我当真那么傻想……我应当多带些你们的相片来了。我还忘了带九九同你元和大姐的相片，若全带到箱子里，则我也许可以把些时间，同这些相片来讨论点事情，或说几个故事，或又模拟你们口吻，说点笑话……现在十天了我还无发笑机会。三三，四丫头近来吃饭被踢没有？应当为我每次踢她一脚。还有九妹，我希望她肯多问你些不认识的生字，不必说英文，便是中文她需要指点的方面也就很多。还有巴金，我从没有他写信，却希望你把我的路上一切，撮要告给他，并请他写点文章，为刊物登载。还有杨先生，你也得告他我在路上的情形。我为了成日成夜给你这个三三写信，别的信皆不曾动手，也无动手机会，你为我各处说一声就得了。

现在已九点了，这地方太静，静得有些怕人。晚上风又大了些也猛了些，希望它明天还能够如此吹一天，则到辰州必很早。我想最好我再过五天可到家……我一切信上皆不敢提及妈的病，我只担心她已很沉重，又担心她正已复元，却因我这短期回家，即刻分离增加她老人家的病痛。我心虚得很。三三，这十多天想来我已有很多信件了，我希望其中并无云六报告什么不吉消息。我还希望你们能把我各处来信看看，应复的你且为我一一复去。我这一走必忙坏了你……

三三，这河面静中有个好听的声音，是弄鱼人用一个大梆子，一堆火，搁在船头上，河中下了拦江钓，因此满河里去擂梆子，让梆声同火光把鱼惊起，慌乱的四窜便触了网。这梆声且轻重不同，故听来动人得很。这种弄鱼方法，你从书上是看不到的。还有用火照鱼，用鸡笼捕鱼，用草毒鱼种种方法，单看书，皆毫无叙述。

我小船泊的地方是潭里，因此静得很，但却有种声音恐怕将使我睡不着。船底下有浪拍打，叮叮的响。时间已九点四十分，我的确得睡了……

弄鱼的梆声响得古怪，在这样安静地方，却听到这种古怪声音，四丫头若听到，一定又惊又喜。这可以说是一首美丽的诗，也可以说一种使人发迷着魔的符咒。因为在这种声音中，水里有多少鱼皆触了网，且同时一定也还有人因此联想到土匪来时种种空气的。三三，凡在这条河里的一切，无一不是这样把恐怖、新奇同美丽糅合而成的调子！想领略这种美丽，也应得出一分代价。我出的代价似乎太多了点……我不放下这支笔，实在是我一点自私处。我想再同你说一会儿。在这样一叶扁舟中，来为三三写信，也是不可多得的！我想写个整晚，梦是无凭据的东西，反而不如就这样好！

…………

二哥

十七日下十时一刻

船泊杨家岨

泸溪黄昏

我似乎说过泸溪的坏话，泸溪自己却将为三三说句好话了。这黄昏，真是动人的黄昏！我的小船停泊处，是离城还有一里三分之一地方，这城恰当日落处，故这时城墙同城楼明明朗朗的轮廓，为夕阳落处的黄天衬出。满河是橹歌浮着！沿岸全是人说话的声音，黄昏里人皆只剩下一个影子，船只也只剩个影子，长堤岸上只见一堆一堆人影子移动，炒菜落锅的声音与小孩哭声杂然并陈，城中忽然的一声小锣，唉，好一个圣境！

我明天这时，必已早抵浦市了的。我还得在小船上睡那么一夜，廿一则在小客店过夜，如《月下小景》一书中所写的小旅店，廿二就在家中过夜了……

明天就到廿了，日子说快也快，说慢又慢。我今天同昨天在路上已看到许多白塔，许多就河边石上捶衣的妇人，而且还看到河边悬崖洞中的房屋，以及架空的碾子。三三，我已到了"柏子"的小河，而且快要走到"翠翠"的家乡了！日中太阳既好，景致又复柔和不少，我念你的心也由热情而变成温柔的爱。我心中尽喊着你，有上万句话，有无数的字眼儿，一大堆微笑，一大堆吻，皆为你而储蓄在心上！

我到家中见到一切人时，我一定因为想念着你，问答之间将有些痴话使人不能了解。也许别人问我："你在北平好！"我会说："我三三脸黑黑的，所以北平也很好！"不是这么说也还会有别的话可说，总而言之则免不了受人一点点开玩笑的机会。母亲年老了，这老人家看到我有那么一个乖而温柔的三三，同时若让这老人家知道我们如何要好，她还会更高兴的。我在辰州时，云六说："妈还说'晓得从文怎么样就会选到一个屋里人？同他一样的既不成，同他两样的，更不好。'可是如今可来了，好了，原来也还有既不同样也不异样的人！"家中人看到我们很好，他们的快乐是你想不出的。他们皆很爱你，你却还不曾见过他们！

三三，昨天晚上同今晚上星子新月皆很美，在船上看天空尤可观，我不管冻到什么样子，还是看了许久星子。你若今夜或每夜皆看到天上那颗大星子，我们就可以从这一粒星子的微光上，仿佛更近了一些。因为每夜这一粒星子，必有一时同你眼睛一样，被我瞅着不旁瞬的。三三，在你那方面，这星子也将成为我的眼睛的！

你的二哥

十九下九时

梁实秋给韩菁清的情书（四则）

梁实秋

一

菁清：

凡是真正的纯洁的爱，绝大多数是一见倾心的，请注意这个"见"字。谁说"爱情是盲目的"？一点也不盲。爱是由眼睛看，然后审入心窝，然后爱苗滋长，然后苗壮，以至于不可收拾。否则怎能有"自投罗网""自讨苦吃"的情势发生？莎士比亚有一短歌，大意是说"爱从哪里生长？从眼睛里——"我起先不大以为然，如今懂了。

昨晚我很后悔，没有送你回去，外面下着蒙蒙细雨，相当凉，又是一个凄清的夜，我怎么那样地糊涂放你一个人回去？你去后我辗转不能入睡，唯盼今天早点能在电话里联络。

你给我的药，我已遵照你的意思吃了，一部分是为了我自己，更大一部分是为了使你高兴。

昨晚我们一起消夜，在我是生平第一次。你知道我的生活是拘谨朴素的，几曾深更半夜地在外面吃清粥？为了你，我亲自体验一下你平常生活方式的一部分实况，我打起精神喝了三碗粥。有你在我身畔，我愉快到了极点，可是我也感慨万千，其中的甜酸不必细说，那一杯又酸又甜的梅子茶最足以代表我心头的滋味。你看见我呆呆的一言不发，其实我心里有千言万语。你说那梅子茶可助消化，可是也勾起伤心人的无限伤心！你知道么，亲亲？

你在社会上名气太大，几乎无人不知，难免不受盛名之累。我决定用我的笔写出一个真实的韩菁清的本来面目，这事不简单，要你和我彻底合作，写成之后那将是我们两个的第一个宁馨儿。你愿意不？

梁实秋

一九七四年十二月九日晨六时

二

我的菁清：

我今天四点半就起来了，只睡了四小时。我答应你睡六小时，但事实上不可能。我习惯是一觉睡四小时，若心里没事则可再睡两三小时，否则辗转反侧不能再眠，不如索性起来。

你昨天说，某某人在婚前给他所爱的人剥橘子，婚后就不剥了。我当时听了一惊，只呵了一声。婚前婚后一个人可以判若两人，世俗的人确是如此，因为他的爱的出发点是自我中心的，自己得到满足，当然不再有所追求，这是近情近理的事。若他的爱是使对方满足，则他将永久地"若有憾焉"，永久地效忠，永久地不变。这样的爱才是真爱。真爱的人希求的不是自我满足，是心里的幸福。幸福是比自我满足更高的境界。你说对么?

日子过得太快,好可怕。我们在暂别之前怎样珍视我们的时间呢?无论如何加以珍视,时间还是毫不容情地逝去!时间是人类最大的敌人。但是有你单独地和我在一起,我就忘了时间,一刹那无异于永恒。我们已经尝过好多次的永恒,我们也可以无怨了。

你的梁实秋

一九七五年一月二日晨五时

三

爱人:

昨夜我果然睡得很好,约六七小时,这是受你之赐。你的一封信和一张卡片驱走了我的不少的烦虑,使我安然地入眠。不知道我写给你的信是否也有同样的功用。爱,你写的信实在是很好,比我写得好。你的信不但真挚,而且有才气闪烁于字里行间。你的字我也喜欢,潇洒妩媚兼而有之。这不是盲目的称赞,是我真实的感受。

菁清,我这里好冷。雪后连下了三天的雨,雪已不见踪影,到处湿漉漉的,天上是阴沉沉的,这样的天气要继续很久。可是我的心里是温暖的,因为你占据着我的心。我一点儿都不夸张地说,我随时随刻地想着你,有时我情不自禁地对着我的女儿说"韩小姐……韩小姐……"她就笑我。她一定是在笑我为什么整天提到韩小姐。爱,我真想有一个人来和我谈谈你,胡姐也好,小胖子也好,谢妈妈、田妈妈也好,只要是认识你的人,我都会觉得亲切。我爱的是你一个人,但是附带着我对你周围的人也有好感。老实说,凡与你有关的一切对我来说都不生疏，你的房子我喜欢，你那乱七八糟的梳妆台、抽屉、衣柜……都使我觉得称心如意！有一桩事你也许没注意，你给我的那把牙刷成了我的恩物，每次使用我都得到极大的满足。我要永久使用它，除非你再给我一把。

爱，我的工作尚未继续开始，心里不安，打算腊八过后重拾旧业，我相信你会愿意我努力工作。你鼓励我，爱，没有你的鼓励我任何事也做不下去。

在我们这短暂离别期间，我也愿你打起精神做一些你愿做的事，要练习写字就立刻开始，要写东西也可以，我若知道你已开始专心做某一种事，我会高兴的。爱，你有才，你聪明，你做什么都能做得好。我愿你集中精力做一两件事，你必有成就，否则是我瞎了眼！

亲亲，你能接受我的请求么？如果你不知道从何开始，我建议你先试读莎士比亚的《十四行诗》。你会喜欢的，尤其是你想想那是我费心血译出的。我真无限光荣能得有你这样的一个忠实读者，那真是我万也想不到的殊荣！等我回去之后，我要每天陪你写字，因为我也有此嗜好。

一九七五　一十五　晨五时

等你的第二封信，邮差老不来，故先将此信付邮，免劳你等候。

爱人，好好保重，冬天来到，春天还会远么？

你的秋

一九七五年一月十五日晨十时半

四

清清，我最爱的小娃：

送 30 号信到邮局去，路上遇到信差，得到你的 27 号信。好奇怪，你忘记了加封，信封口上的那一条胶水显然是没有舐过的样子。看信的内容，好像你这两天很慌的样子，你自己也说"精神恍惚"。喂，你怎么了，我的乖？我好担心你，我怕你有什么不适。你如果有什么不愉快，一定是直接地或间接地与我有关，你想我心里该是如何地难过！有一次你来信说"心情开朗"，我喜欢得心花怒放，如今你说"精神恍惚"，我又一下子坠入了阴霾。一封信来回约十天，与当面对谈的滋味不同。你说是不是？

昨夜醒来，开灯看宋词，女诗人李清照给她丈夫写的一首《一剪梅》：

> 红藕香残玉簟秋。轻解罗裳，独上兰舟。云中谁寄锦书来？雁字回时，月满西楼。
>
> 花自飘零水自流。一种相思，两处闲愁。此情无计可消除，才下眉头，却上心头。

我低吟之下深受感动。情人送别，千古同慨。清清，佛家所谓八苦，其中有两项：一是"爱别离"，一是"怨憎会"，意为自己爱的人，偏偏不得见，自己憎恶的人，偏偏要会面。我们如今就是在尝这两种人生的苦！如此人生，怨谁？

爱，我今天与文蔷深谈，我把你的身世和为人都详细地说了，她大受感动，落下了泪，当然我也是泣不可抑。最后她说："爸，你写信告诉韩小姐，这世界上至少是有两个人爱护她，支持她，一个是你，一个是我。"她又说，"如果胡姐是她的知己，她也应该支持她。"我和蕾都一致感叹，这社会是太残酷了。文蕾是站在妇女解放运动的立场，她根本不承认女人应该进厨房，根本否认女人应该伺候男人。清清，你来信说："除了给你温暖甜蜜快乐和善良的爱心之外，可说我一无所长，一无可取。"我告诉你，我要的就是这个，我要的就是你的爱心。你爱我，我满足了。我这个人，和你一样，只有感情，除了这一份情之外，也是一无所有，一无所长呀！社会上一般人捧我，说我这个，说我那个，其实瞎扯淡。我有自知之明，我只有一腔的情爱，除此以外我根本等于零。如今我把所有的爱奉献给你，你接受了，而且回赠给我同样深挚的爱——人生到此，复有何求？

此信到时应该是阴历年除夕，我猜想你家里一定有几个孤苦无告的人陪着你度此良宵，也许又是谢妈妈把你拖了去。如果是到谢府去，盼你千万不可喝酒，一滴也不喝，我深信你会听我的话。有人说你很有经验，我说你很天真。我没有见过一个人的心有你这样直爽而纯洁！因此我就格外地不放心。

遗憾的是我不能陪你过年。其实我根本不喜欢什么年和节的。我最忌跟着别人走，我要独立，我想哪一天过年过节就在哪一天过年过节。在任何方面我都是愿意特立独行。所以，你看，我几十年来，在社会上我总是独来独往，落落寡合。什么会，什么团体，我都不参加。有时因此得罪人。爱，你在影歌界周旋了好多年，至今没有一个圈子里的人是朋友，这一点是极难能可贵的。你喜欢交往的，一个是胡姐，一个就是我。可算是物以类聚，人以群分。话说回来，你阴历年是怎样过的，告诉我。按旧习惯，过年是不到别人家去的，一定要关起门来自家享受。当然，无家可归的孤魂野鬼另当别论，可以附在别人的家里去暂时一乐。我自己么，在文蔷家里根本没有旧历，孩子们都已变成了"洋鬼子"，阴历年免谈。我独自在房里，却不免在这节日回忆以往，悬想你在台湾的情况，长叹而已。

二月六日上午十一时

爱眉小札（三则）

徐志摩

八月十日

我六时就醒了，一醒就想你来谈话，现在九时半了，难道你还不曾起身，我等急了。

我有一个心，我有一个头，我心动的时候，头也是动的。我真应得谢天，我在这一辈子里，本来自问已是陈死人，竟然还能尝着生活的甜味，曾经享受过最完全，最奢侈的时辰，我从此是一个富人，再没有抱怨的口实，我已经知足。这时候，天坍了下来，地陷了下去，霹雳种在我的身上，我再也不怕死，不愁死，我满心只是感谢。即使眉你有一天（恕我这不可能的设想）心换了样，停止了爱我，那时我的心就像莲蓬似的栽满了窟窿，我所有的热血都从这些窟窿里流走——即使有那样悲惨的一天，我想我还是不敢怨的，因为你我的心曾经一度灵通，那是不可火的。上帝的意思到处是明显的，他的发落永远是平正的；我们永远不能批评，不能抱怨。

八月十二日

这在恋中人的心境真是每分钟变样，绝对的不可测度。昨天那样的受罪，今儿又这般的上天，多大的分别！像这样的艳福，世上能有几个人享着；像这样奢侈的光阴，这宇宙间能有几多？却不道我年前口占的"海外缠绵香梦境，销魂今日竟燕京"，应在我的甜心眉的身上！B明白了，我真又欢喜又感激！他这来才够交情，我从此完全信托他了。眉，你的福分可也真不小，当代贤哲你瞧都在你的妆台前听候差遣。眉，你该睡着了吧，这时候，我们又该梦会了！说也真怪，这来精神异常的抖擞，真想做事了。眉，你内助我，我要向外打仗去！

八月十六日

真怪，此刻我的手也直抖擞，从没有过的。眉，我的心，你说怪不怪，跟你的抖擞一样？想是你传给我的，好，让我们同病；叫这剧烈的心震震死了岂不是完事一宗？事情的确是到门了，眉，是往东走或往西走你赶快得定主意才是，再要含糊时大事就变成了玩笑，那可真不是玩！他那口气是最分明没有的了；那位京友我想一定是双心，决不会第二个人。他现在的口气似乎比从前有主意得多，他已经准备"依法办理"；你听他的话"今年决不拦阻你"。好，这回像人了！他像人，我们还不争气吗？眉，这事情清楚极了，只要你的决心。娘，别说一个，十个也不能拦阻你。我的意思是我们同到南边去（你不愿我的名字混入第一步，固然是你的好意，但你知道那是不成功的，所以与其拖泥带浆还不如走大方的路，来一个干脆，只是情是真的，我们有什么见不得人面的地方）找着P做中间人，解决你与他的事情，第二步当然不用提及，虽则谁不明白？眉，你这回真不能再做小孩了，你得硬一硬心，一下解决了这大事儿，免得成天怀鬼胎过不自然的痛苦的日子。要知道你一天在这尴尬的境地里嵌着，我也心理上一天站不直，哪能真心去做事，害得谁都不舒服，真是何苦来？眉，救人就是自救，自救就是救人。我最恨的是苟且、因循、懦怯，在这上面无论什么事就是找不到基础的。有志事竟成，没有错儿。奋勇上前吧，眉，你不用怕，有我整个儿在你旁边站着，谁要动你分毫，有我拼着性命保护你，你还怕什么？

今晚我认账心上有点不舒服，但我有解释，理由很长，明天见面再说吧。我的心怀里，除了挚爱你的一片热情外，我决不容留任何夹杂的感想；这册《爱眉小札》里，除了登记因爱而流出的思想外，我也决不愿夹杂一些不值得的成分。眉，我是太痴了，自顶至踵全是爱，你得明白我，你得永远用你的柔情包住我这一团的热情，决不可有一丝的漏缝，因为那时就有爆裂的危险。

小曼日记（二则）

陆小曼

三月十一日

一个月之前我就动了写日记的心，因为听得"先生"们讲各国大文豪写日记的趣事，我心里就决定来写一本玩玩，可是我不记气候，不写每日身体的动作，我只把我每天的内心感想，不敢向人说的，不能对人讲的，借着一支笔和几张纸来留一点痕迹。不过想了许久老没有施行，一直到昨天摩叫我当信一样的写，将我心里所想的，不要遗漏一字的都写了上去，我才决心如此的做了，等摩回来时再给他当信看。这一下我倒有了生路了，本来我心里的痛苦同愁闷一向逼闷在心里的，有时候真逼得难受，说又没有地方去说；以后可好了，我真感谢你，借你的力量我可以一泄我的冤恨，松一松我的胸襟了。以后我想写甚么就可以写甚么，反正写出来也不碍事，不给别人看就是了。本来人的思想往往会一忽儿就跑去的，想过就完，现在我可要留住它了，不论甚么事想着就写，只要认定一个"真"字，以前的一切我都感觉到假，为甚么一个人先要以假对人呢？大约为的是有许多真的话说出来反要受人的讥笑，招人的批评，所以吓得一般人都迎着假的往前走,结果真纯的思想反让假的给赶走了。我若再不遇着摩,我自问也要变成那样的,自从我认识了你的真,摩,我自己羞愧死了,从此我也要走上"真"的路了。希望你能帮助我,志摩。

昨天摩出国,我本不想去车站送他,可是又不能不去,在人群中又不能流露出十分难受的样子,还只是笑嘻嘻的谈话;恍惚蛮不在意似的。在许多人的目光之下,又不能容我们单独的讲几句话。这时候我又感觉到假的可恶,为甚么要顾虑这许多,为甚么不能要说甚么就说甚么呢?我几次想离开众人,过去说几句真话,可是说也惭愧,平时的决心和勇气,不知都往哪里跑了,只会泪汪汪的看着他,连话都说不出口来。自己急得骂我自己,再不过去说话,车可要开了;那时我却盼望他能过来带我走出众人眼光之下,说几句最后的话,谁知他也是一样的没有勇气。一双泪汪汪的眼睛只对着我发怔,我明知道他要安慰我,要我知道他为甚么才弃我远去,他有许多许多的真话,真的意思,都让社会的假给碰回去了,便只好大家用假话来敷衍。那时他还走过来握我的手,我也只能苦笑着对他说"一路顺风"。我低头不敢向他看,也不敢向别人看,一直到车开,我还看见他站在车头上向我们送手吻(我知道一定是给我一个人的)。我直着眼看,只见他的人影一点一点糊涂起来,我眼前好像有一层东西隔着,慢慢的连人影都不见了,心里也说不出是甚么味儿,好像一点知觉都没有了似的,一直等到耳边有人对我说:"不要看了,车走远了。"我才像梦醒似的回头看见人家多在向着我笑,我才很无味的回头就走。走进车子才知道我身旁还有一个人坐着。他冷冷对我说,"为甚么你眼睛红了?哭么?"咳!他明知我心里有说不出的难受,还要假意儿问我,怄我;我知道他乐了,走了我的知己，他还不乐？

回家走进了屋子，四面都露出一种冷清的静，好像连钟都不走了似的，一切都无声无嗅了。我坐到书桌上，看见他给我的信，东西，日记，我拿在手里发怔，也不敢去看，也不想开口，只是呆坐着也不知道自己要做点甚么才好。在这静默空气里我反觉得很有趣起来，我希望永远不要有人来打断我的静，让我永远这样的静坐下去。

昨天家里在广济寺做佛事，全家都去的，我当然是不能少的了，可是这几天我心里正在说不出的难过，还要我去酬应那些亲友们，叫我怎能忍受？没有法子，得一个机会我一个人躲到后边大院里去清静一下。走进大院看见一片如白画的月光，照得栏杆、花、木、石桌，样样清清楚楚，静悄悄的一个人都没，可爱极了。那一片的静，真使人能忘却了一切的一切，我那时也不觉得怕了，一个人走过石桥在栏杆上坐着，耳边一阵阵送过别院的经声，钟声，禅声，那一种音调真凄凉极了。我到那个时光，几天要流不敢流的眼泪便像潮水般的涌了出来，我哭了半天也不知是哭的甚么，心里也如同一把乱麻，无从说起。

今天早晨他去天津了。我上了三个钟头的课，先生给我许多功课，我预备好好的做起来。不过这几天从摩走后，这世界好像又换了一个似的，我到东也不见他那可爱的笑容，到西也不听见他那柔美的声音，一天到晚再也没有一个人来安慰我，真觉得做人无味极了；为甚么一切事情都不能遂心适意呢？随处随地都有网包围着似的，使得手脚都伸不开，真苦极了。想起摩来更觉惆怅，现在不知道已经走到甚么地方了，也许已过哈尔滨了吧。昨晚庙里回来就睡下，闭着眼细细回想在庙后大院子里得着的那一忽儿清闲，连回味都是甜的。像我现在过的这种日子，精神上，肉体上，同时的受着说不出的苦，不要说不能得着别人一点安慰与怜惜，就是单要求人家能明白我，了解我，已是不容易的了！

今天足足的忙了一天，早晨做了一篇法文，出去买了画具，饭后陈先生来教了半天，说我一定能进步得快，倒也有趣。晚饭时三伯母等来请我去吃饭，ML也来相约，我都回绝她们了，因为我只想一个人静静的坐坐，况且我还要给摩写信。在灯下不知不觉的就写了九张纸，还是不能尽意，薄薄的几张纸能写得上多少字呢？

临睡时又看了几张摩的日记，不觉又难受了半天。可叹我自小就是心高气傲，想享受别的女人不大容易享受得到的一切，而结果现在反成了一个一切都不如人的人。其实我不羡富贵，也不慕荣华，我只要一个安乐的家庭，如心的伴侣，谁知连这一点要求都不能得到，只落得终日里孤单的，有话都没有人能讲，每天只是强自欢笑的在人群里混。又因为我不愿意叫人家知道我现在是不快乐，不如意，所以我装着是个快乐的人，我明知道这种办法是不长久的，等到一旦力尽心疲，要再装假也没有力气了，人家不是一样会看出来的么？所幸现在已有几个知己朋友们知道我，明白我，最知我者当然是摩！他知道我，他简直能真正的了解我，我也明白他，我也认识他是一个纯洁天真的人，他给我的那一片纯洁的爱，使我不能不还给他一个整个的圆满的永没有给过别人的爱的。

三月二十二日

昨天才写完一信，T来了，谈了半天。他倒是个很好的朋友，他说他那天在车站看见我的脸吓一跳，苍白得好像死去一般，他知道我那时的心一定难过到极点了。他还说外边谣言极多，有人说我要离婚了，又有人说摩一定是不真爱我，若是真爱绝不肯丢我远去的。真可笑，外头人不知道为甚么都跟我有缘似的，无论男女都爱将我当一个谈话的好材料，没有可说也得想法造点出来说，真奇怪了。T也说现在是个很好脱离机会，可是娘呢？咳，我的娘呀！你可害苦了我啦，我一生的幸福恐怕要为你牺牲了！

摩，为你我还是拼命干一下的好，我要往前走，不管前面有几多的荆棘，我一定直着脖子走，非到筋疲力尽我决不回头的。因为你是真正的认识了我，你不但认识我表面，你还认清了我的内心，我本来老是自恨为什么没有人认识我，为什么人家全拿我当一个只会玩只会穿的女子；可是我虽恨，我并不怪人家，本来人们只看外表，谁又能真生一双妙眼来看透人的内心呢？受着的评论都是自己去换得来的，在这个黑暗的世界有几个是肯拿真性灵透露出来的？像我自己，还不是一样成天埋没了本性以假对人的么？只有你，摩！第一个人能从一切的假言假笑中看透我的正心，认识我的苦痛，叫我怎能不从此收起以往的假而真正的给你一片真呢！我自从认识了你，我就有改变生活的决心，为你我一定认真的做人了。

因为昨晚一宵苦思，今晨又觉满身酸痛，不过我快乐，我得着了一个全静的夜。本来我就最爱清静的夜，静悄悄只有我一个人，只有滴答的钟声做我的良伴，让我爱做什么就做什么，不论坐着，睡着，看书，都是安静的，再无聊时耽着想想，做不到的事情，得不着的快乐，只要能闭着眼像电影似的一幕幕在眼前飞过也是快乐的，至少也能得着片刻的安慰。昨晚我想你，想你现在一定已经看得见西伯利亚的白雪了，不过你眼前虽有不容易看得到的美景，可是你身旁没有了陪伴你的我，你一定也同我现在一般的感觉着寂寞，一般心内叫着痛苦的吧！我从前常听人言生离死别是人生最难忍受的事情，我老是笑着说人痴情，谁知今天轮到了我身上，才知道人家的话不是虚的，全是从痛苦中得来的实言，我今天才身受着这种说不出叫不明的痛苦，生离已经够受的了，死别的味儿想必更不堪设想吧。

　　回家去陪娘去看病，在车中我又探了探她的口气，我说照这样的日子再往下过，我怕我的身体上要担受不起了。她倒反说我自寻烦恼，自找痛苦，好好的日子不过，一天到晚只是去模仿外国小说上的行为，讲爱情，说什么精神上痛苦不痛苦，那些无味的话有什么道理。本来她在四十多年前就生出来了，我才生了廿多年，廿年内的变化与进步是不可计算的，我们的思想当然不能符合了。她们看来夫荣子贵是女子的莫大幸福，个人的喜、乐、哀、怒是不成问题的，所以也难怪她不能明了我的苦楚。本来人在幼年时灌进脑子里的知识与教育是永不会迁移的，何况是这种封建思想与礼教观念更不容易使她忘记。所以从前多少女子，为了怕人骂，怕人背后批评，甘愿自己牺牲自己的快乐与身体，怨死闺中，要不然就是终身得了不死不活的病，呻吟到死。这一类的可怜女子，我敢说十个里面有九个是自己明知故犯的，她们可怜，至死还不明白是什么害了她们。摩！我今天很运气能够遇着你，在我不认识你以前，我的思想，我的观念，也同她们一样，我也是一样的没有勇气，一样的预备就此糊里糊涂的一天天往下过，不问什么快乐什么痛苦，就此埋没了本性过它一辈子完事的；自从见着你，我才像乌云里见了青天，我才知道自埋自身是不应该的，做人为什么不轰轰烈烈的做一番呢？我愿意从此跟你往高处飞，往明处走，永远再不自暴自弃了。

两地书（六则）

鲁迅 / 许广平

我们以这一本书为自己记念，并以感谢好意的朋友，并且留赠我们的孩子，给将来知道我们所经历的真相，其实大致是如此的。

一

鲁迅先生吾师左右：

十三日早晨得到先生的一封信，我不解何以同在京城中，而寄递要至三天之久？但当我拆开信封，看见笺面第一行上，贱名之下竟紧接着一个"兄"字，先生，请原谅我太愚小了，我值得而且敢当为"兄"么？不，不，决无此勇气和斗胆的。先生之意何居？弟子真是无从知道。不曰"同学"，不曰"弟"而曰"兄"，莫非也就是游戏么？

我总不解教育对于人是有多大效果？世界上各处的教育，他的造就人才的目标在那里？讲国家主义，社会主义……的人们，受环境的支配，还弄出甚么甚么化的教育来，但究竟教育是怎么一回事？是否要许多适应环境的人，可不惜贬损个性以迁就这环境，还是不如设法保全每人的个性呢？这都是很值得注意，而为今日教育者与被教育者所忽略的。或者目前教育界现象之不堪，即与此点不无关系罢。

尤可痛心的，是因为"人的气质不大容易改变"，所以许多人们至今还是除了一日日豫备做舞台上的化装以博观众之一捧——也许博不到一捧——外，就什么也不管。怕考试时候得不到好分数，因此对于学问就不忠实了。希望功课可以省点准备，希望题目出得容易，尤其希望从教师方面得到许多暗示，归根结底，就是要文凭好看。要文凭好看，即为了自己的活动……她们在学校里，除了"利害"二字外，其余是痛痒不相关的。其所以出死力以力争的，不是事之"是非"，而是事之"利害"，不是为群，乃是为己的。这也许是我所遇见的她们，一部分的她们罢？并不然。还有的是死捧着线装本子，终日作缮写员，愈读愈是弯腰曲背，老气横秋，而于现在的书报，绝不一顾，她们是并不打算做现社会的一员。还有一些例外的，是她们太汲汲于想做现社会的主角了。所以奇形怪状，层见迭出，这教人如何忍耐得下去，真无怪先生宁可当"土匪"去了。

那"一个乡下女人向牧师沥诉困苦的半生，请他救助"的故事，许是她所求的是物质上的资助罢，所以牧师就只得这样设法应付，如果所求的是精神方面，那么我想，牧师对于这种问题是素有研究的，必定会给以圆满的答复。先生，我所猜想的许是错的么？贤哲之所谓"将来"，固然无异于牧师所说的"死后"，但"过客"说过："老丈，你大约是久住在这里的，你可知道前面是怎么一个所在么？"虽然老人告诉他是"坟"，女孩告诉他是"许多野百合，野蔷薇"，两者并不一样，而"过客"到了那里，也许并不见所谓坟和花，所见的倒是另一种事物，——但"过客"也还是不妨一问，而且也似乎值得一问的。

醒时要免去若干苦痛，"骄傲"与"玩世不恭"固然是一种方法，但我自小学时候至今，正是无日不被人斥为"骄傲"与"不恭"的，有时也觉悟到这非"处世之道"（而且实也自知没有足以自骄的），然而不能同流合污，总是吃眼前亏。不过子路的为人，教他豫备给人斫为肉糜则可，教他去作"壕堑战"是按捺不住的。没有法子，还是站出去，"不大好"有什么法呢，先生。

草草的写了这些，质直未加修饰，又是用钢笔所写，以较先生的清清楚楚，用毛笔写下去的详细恳切的指引，真是不胜其感谢，惭愧了！

敬祝著安。

小学生许广平谨上。

三月十五日。

二

广平兄：

这回要先讲"兄"字的讲义了。这是我自己制定，沿用下来的例子，就是：旧日或近来所识的朋友，旧同学而至今还在来往的，直接听讲的学生，写信的时候我都称"兄"；此外如原是前辈，或较为生疏，较需客气的，就称先生，老爷，太太，少爷，小姐，大人……之类。总之，我这"兄"字的意思，不过比直呼其名略胜一筹，并不如许叔重先生所说，真含有"老哥"的意义。但这些理由，只有我自己知道，则你一见而大惊力争，盖无足怪也。然而现已说明，则亦毫不为奇焉矣。

现在的所谓教育，世界上无论那一国，其实都不过是制造许多适应环境的机器的方法罢了。要适如其分，发展各各的个性，这时候还未到来，也料不定将来究竟可有这样的时候。我疑心将来的黄金世界里，也会有将叛徒处死刑，而大家尚以为是黄金世界的事，其大病根就在人们各各不同，不能像印版书似的每本一律。要彻底地毁坏这种大势的，就容易变成"个人的无政府主义者"，如《工人绥惠略夫》里所描写的绥惠略夫就是。这一类人物的运命，在现在——也许虽在将来——是要救群众，而反被群众所迫害，终至于成了单身，忿激之余，一转而仇视一切，无论对谁都开枪，自己也归于毁灭。

社会上千奇百怪，无所不有；在学校里，只有捧线装书和希望得到文凭者，虽然根柢上不离"利害"二字，但是还要算好的。中国大约太老了，社会上事无大小，都恶劣不堪，像一只黑色的染缸，无论加进什么新东西去，都变成漆黑。可是除了再想法子来改革之外，也再没有别的路。我看一切理想家，不是怀念"过去"，就是希望"将来"，而对于"现在"这一个题目，都缴了白卷，因为谁也开不出药方。所有最好的药方，即所谓"希望将来"的就是。

"将来"这回事，虽然不能知道情形怎样，但有是一定会有的，就是一定会到来的，所虑者到了那时，就成了那时的"现在"。然而人们也不必这样悲观，只要"那时的现在"比"现在的现在"好一点，就很好了，这就是进步。

这些空想，也无法证明一定是空想，所以也可以算是人生的一种慰安，正如信徒的上帝。你好像常在看我的作品，但我的作品，太黑暗了，因为我常觉得惟"黑暗与虚无"乃是"实有"，却偏要向这些作绝望的抗战，所以很多着偏激的声音。其实这或者是年龄和经历的关系，也许未必一定的确，因为我终于不能证实：惟黑暗与虚无乃是实有。所以我想，在青年，须是有不平而不悲观，常抗战而亦自卫，倘荆棘非践不可，固然不得不践，但若无须必践，即不必随便去践，这就是我之所以主张"壕堑战"的原因，其实也无非想多留下几个战士，以得更多的战绩。

子路先生确是勇士，但他因为"吾闻君子死冠不免"，于是"结缨而死"，我总觉得有点迂。掉了一顶帽子，又有何妨呢，却看得这么郑重，实在是上了仲尼先生的当了。仲尼先生自己"厄于陈蔡"，却并不饿死，真是滑得可观。子路先生倘若不信他的胡说，披头散发的战起来，也许不至于死的罢。但这种散发的战法，也就是属于我所谓"壕堑战"的。

时候不早了，就此结束了。

鲁迅。

三月十八日。

三

今天下午收到廿四发的来信了，我所料的并不错。但粤中学生情形如此，却真出我的"意表之外"，北京似乎还不至此。你自然只能照你来信所说的做，但看那些职务，不是忙得连一点闲空都没有了么？我想，做事自然是应该做的，但不要拼命地做才好。此地对于外面的情形，也不大了然，看今天的报章，登有上海电（但这些电报是什么来路，却不明），总结起来：武昌还未降，大约要攻击；南昌猛扑数次，未取得；孙传芳已出兵；吴佩孚似乎在郑州，现正与奉天方面暗争保定大名。

我之愿合同早满者，就是愿意年月过得快，快到民国十七年，可惜来此未及一月，却如过了一年了。其实此地对于我的身体，仿佛倒好，能吃能睡，便是证据，也许肥胖一点了罢。不过总有些无聊，有些不高兴，好像不能安居乐业似的，但我也以转瞬便是半年，一年，聊自排遣，或者开手编讲义，来排遣排遣，所以眠食是好的。我在这里的情形，就是如此，还可以无需帮助，你还是给学校办点事的好。

中秋的情形，前信说过了。谢君的事，原已早向玉堂提过的，没有消息。听说这里喜欢用"外江佬"，理由是因为倘有不合，外江佬卷铺盖就走了，从此完事，本地人却永久在近旁，容易结怨云。这也是一种特别的哲学。谢君的令兄我想暂且不去访问他，否则，他须来招呼我，我又须去回谢他，反而多一番应酬也。

伏园今天接孟余一电，招他往粤办报，他去否似尚未定。这电报是廿三发的，走了七天，同信一样慢，真奇。至于他所宣传的，大略是说：他家不但常有男学生，也常有女学生，但他是爱高的那一个的，因为她最有才气云云。平凡得很，正如伏园之人，不足多论也。

此地所请的教授，我和兼士之外，还有朱山根。这人是陈源之流，我是早知道的，现在一调查，则他所安排的羽翼，竟有七人之多，先前所谓不问外事，专一看书的舆论，乃是全都为其所骗。他已在开始排斥我，说我是"名士派"，可笑。好在我并不想在此挣帝王万世之业，不去管他了。

我到邮政代办处的路，大约有八十步，再加八十步，才到便所，所以我一天总要走过三四回，因为我须去小解，而它就在中途，只要伸首一窥，毫不费事。天一黑，就不到那里去了，就在楼下的草地上了事。此地的生活法，就是如此散漫，真是闻所未闻。我因为多住了几天，渐渐习惯，而且骂来了一些用具，又自买了一些用具，又自雇了一个用人，好得多了，近几天有几个初到的教员，被迎进在一间冷房里，口干则无水，要小便则须旅行，还在"茫茫若丧家之狗"哩。

听讲的学生倒多起来了，大概有许多是别科的。女生共五人。我决定目不邪视，而且将来永远如此，直到离开了厦门。嘴也不大乱吃，只吃了几回香蕉，自然比北京的好，但价亦不廉，此地有一所小店，我去买时，倘五个，那里的一位胖老婆子就要"吉格浑"（一角钱），倘是十个，便要"能（二）格浑"了。究竟是确要这许多呢，还是欺我是外江佬之故，我至今还不得而知。好在我的钱原是从厦门骗来的，拿出"吉格浑""能格浑"去给厦门人，也不打紧。

我的功课现在有五小时了，只有两小时须编讲义，然而颇费事，因为文学史的范围太大了。我到此之后，从上海又买了一百元书。克士已有信来，说他已迁居，而与一个同事姓孙的同住，我想，这人是不好的，但他也不笨，或不至于上当。

要睡觉了，已是十二时，再谈罢。

迅。

九月三十日之夜。

四

MY DEAR TEACHER：

今日又是星四，又到我有机会写信的时候了。况且明天是重九，呆板的办公也得休息。做学生时希望放假，做先生时更甚，尤其希望在教课钟点最多那一天。明天我没有课上。放假自然比不放好，但我总觉得不凑巧，倘是星六或星一，我就省去二三小时一天的豫备了，岂不更妙也哉！

南方重九可以登高，比北方热闹，厦门不知怎样，广东是这天旅行山上的人很多的。我因约了一位表姊，明天带我去买布做冬衣，大约不能玩了。说起冬衣，前几天这里雨且冷，不亚于北京的此时（甚言之耳，或不至如此），我的衣服送往家里晒去了，无人送来，自己也无暇去取，就穿上四五层单衣裤，但竟因此伤风，九十两日演剧时，我陪学生去做招待及各项跳舞，回来两晚皆已十二点钟，也着了些冷。幸而有人告诉我一个秘方，就是用枸杞子燉猪肝吃，吃了两次，果然好了，现在更好了。

人多说：广东这时这样的冷，是料不到的。厦门有可以吹倒人的大风而不冷，仍须穿夏衣的么？那就比广东暖热了。

前信（十日写寄）不是说你一日寄来的信和书都没有收到么，但是一日的信，十二收到了，书则在学校的印刷物堆里，一位先生翻出来交还我的，大约到了好几天了，但我不知在什么时候。总之，书和信都收到了。

这封信特别的"孩子气"十足，幸而我收到。"邪视"有什么要紧，惯常倒不是"邪视"，我想，许是冷不提防的一瞪罢！记得张竞生之流发过一套伟论，说是人都提高程度，则对于一切，皆如鲜花美画一般，欣赏之，愿显示于众，而自然私有之念消，你何妨体验一下？

我虽然愿意努力工作，但对于有些事，总觉得能力不够，即如训育主任，要起草训育会章程，而这正如议宪法一样，参考虽有，合用则难，所以从回来至今，开过三次会议，召集十多人，而我的章程不行，至今未组成会。现又另举四人为起草委员，只有一点，就可见我能力的薄弱了。此校发展难，自己感觉许多不便，想办好罢，也如你之在厦大一样。

此间报载北伐军于双十节攻下武昌，九江，南昌，则湖北江西全定了，再联合豫樊，与北之国民军成一直线，天下事即大有可为，此情想甚确。冯玉祥在库伦亦发通电，正式加入国民政府，遵守总理遗嘱，实行三民主义了。闻闽战亦大顺利，不知确否？陈启修先生有不日往宜昌为政治部宣传主任之说，顾约孙来，不知是否代陈之缺，但陈是做社论的，孙如代他，即须多发政论，不能如向来副刊之以文艺为主也。

广东一小洋换十六枚（有时十五），好的香蕉，也不过一毛买五个，起了许多黑点的，则半个铜元就买到了。我常买香蕉吃，因为这里的新鲜而香，和运到北京者大异。闻福建人多善做肉松，你何妨买些试试呢。

学生感情好，自然增加兴致，处处培植些好的禾苗，以供给大众，接济大众罢，这在自己，也是一种精神上的愉快，不虚负此一行的。在南人中插入一个北人的你，而他们不但并不歧视，反而这样优待，这是多么令人"闻之喜而不寐"呢。话虽如此，却不要因此又拼命工作，能自爱，才能爱人。

《新女性》上的文章，想下笔学做，但在现在，环境和时间都不容许，过几时写出再寄罢。

祝你有"聊"！

YOUR H. M.
十月十四日晚。

五

EL. DEAR：

今天下午刚发一信，现在又想执笔了。这也等于我的功课一样，而且是愿意做的那一门，高兴的就简直做下去罢，于是乎又有话要说出来了——

这时是晚上九点半，我想起今天是礼拜五，明天是礼拜六，一礼拜又快过去了，此信明天发，免得日曜受耽搁。料想这信到时，又过去一礼拜了，得到你的回信时，又是一礼拜，那么总共就过去三个礼拜了，那是在你接到此信，我得了你回复此信的时候的话。虽然这还很有些时光，但不妨以此先自快慰。话虽如此，你如没有工夫，就不必每得一信，即回一封，因为我晓得你忙，不会挂念的。

生怕记起的又即忘记了，先写出来罢：你如经过琉璃厂，不要忘掉了买你写日记用的红格纸，因为已经所余无几了。你也许不会忘记，不过我提起一下，较放心。

我寄你的信，总要送往邮局，不喜欢放在街边的绿色邮筒中，我总疑心那里会慢一点。然而也不喜欢托人带出去，我就将信藏在衣袋内，说是散步，慢慢的走出去，明知道这绝不是什么秘密事，但自然而然的好像觉得含有什么秘密性似的。待到走到邮局门口，又不愿投入挂在门外的方木箱，必定走进里面，放在柜台下面的信箱里才罢。那时心里又想：天天寄同一名字的信，邮局的人会不会诧异呢？于是就用较生的别号，算是挽救之法了。这种古怪思想，自己也觉得好笑，但也没有制服这个神经的神经，就让他胡思乱想罢。当走去送信的时候，我又记起了曾经有一个人，在夜里跑到楼下房外的信筒那里去，我相信天下痴呆盖无过于此君了，现在距邮局远，夜行不便，此风万不可长，宜切戒之!!!!

今日下午也缝衣，出去寄信时又买些水果，回来大家分吃了。你带去的云腿吃过了没有？还可口么？我身体精神都好，食量也增加，不过继续着做一种事情，稍久就容易吃力，浑身疲乏。我知道这个道理，所以时而做些事，时而坐坐，时而睡睡，坐睡都厌了就到马路上来回走一个短路程，这样一调节，也就不致吃苦了。

时局消息，阅报便知，不多述了，有时北报似更详悉。听说现在津浦路还照常，但来时要打听清楚才好。

YOUR H. M.

五月十七夜十时。

六

D. H. M：

二十一日午后发了一封信，晚上便收到十七日来信，今天上午又收到十八日来信，每信五天，好像交通十分准确似的。但我赴沪时想坐船，据凤举说，日本船并不坏，二等六十元，不过比火车为慢而已。至于风浪，则夏期一向很平静。但究竟如何，还须俟十天以后看情形决定。不过我是总想于六月四五日动身的，所以此信到时，倘是廿八九，那就不必写信来了。

我到北平，已一星期，其间无非是吃饭，睡觉，访人，陪客，此外什么也不做。文章是没有一句。昨天访了几个教育部旧同事，都穷透了，没有事做，又不能回家。今天和张凤举谈了两点钟天，傍晚往燕京大学讲演了一点钟，照例说些成仿吾徐志摩之类，听的人颇不少——不过也不是都为了来听讲演的。这天有一个人对我说：燕大是有钱而请不到好教员，你可以来此教书了。我即答以我奔波了几年，已经心粗气浮，不能教书了。D.H.，我想，这些好地方，还是请他们绅士们去占有罢，咱们还是漂流几时的好。沈士远也在那里做教授，听说全家住在那里面，但我没有工夫去看他。

今天寄到一本《红玫瑰》，陈西滢和凌叔华的照片都登上了。胡适之的诗载于《礼拜六》，他们的像见于《红玫瑰》，时光老人的力量，真能逐渐的显出"物以类聚"的真实。

云南腿已将吃完，很好，肉多，油也足，可惜这里的做法千篇一律，总是蒸。带回来的鱼肝油也已吃完，新买了一瓶，价钱是二元二角。

云章未到西三条来，所以不知道她住在何处，小鹿也没有来过。

北平久不下雨，比之南方的梅雨天，真有"霄壤之别"。所有带来的夹衣，都已无用，何况绒衫。我从明天起，想去医牙齿，大约有一星期，总可以补好了。至于时局，若以询人，则因其人之派别，而所答不同，所以我也不加深究。总之，到下月初，京津车总该是可走的。那么，就可以了。

这里的空气真是沉静，和上海的烦扰险恶，大不相同，所以我是平安的。然而也静不下，惟看来信，知道你在上海都好，也就暂自宽慰了。但愿能够这样的继续下去，不再疏懈才好。

L.

五月廿二夜一时。

与妻书

林觉民

　　意映卿卿如晤：吾今以此书与汝永别矣！吾作此书时，尚是世中一人；汝看此书时，吾已成为阴间一鬼。吾作此书，泪珠和笔墨齐下，不能竟书而欲搁笔，又恐汝不察吾衷，谓吾忍舍汝而死，谓吾不知汝之不欲吾死也，故遂忍悲为汝言之。

　　吾至爱汝，即此爱汝一念，使吾勇于就死也。吾自遇汝以来，常愿天下有情人都成眷属；然遍地腥云，满街狼犬，称心快意，几家能彀？司马青衫，吾不能学太上之忘情也。语云：仁者"老吾老，以及人之老；幼吾幼，以及人之幼"。吾充吾爱汝之心，助天下人爱其所爱，所以敢先汝而死，不顾汝也。汝体吾此心，于啼泣之余，亦以天下人为念，当亦乐牺牲吾身与汝身之福利，为天下人谋永福也。汝其勿悲！

　　汝忆否？四五年前某夕，吾尝语曰："与使吾先死也，无宁汝先我而死。"汝初闻言而怒，后经吾婉解，虽不谓吾言为是，而亦无词相答。吾之意盖谓以汝之弱，必不能禁失吾之悲，吾先死，留苦与汝，吾心不忍，故宁请汝先死，吾担悲也。嗟夫！谁知吾卒先汝而死乎？

　　吾真真不能忘汝也！回忆后街之屋，入门穿廊，过前后厅，又三四折，有小厅，厅旁一室，为吾与汝双栖之所。初婚三四个月，适冬之望日前后，窗外疏梅筛月影，依稀掩映；吾与并肩携手，低低切切，何事不语？何情不诉？及今思之，空余泪痕。又回忆六七年前，吾之逃家复归也，汝泣告我："望今后有远行，必以告妾，妾愿随君行。"吾亦既许汝矣。前十余日回家，即欲乘便以此行之事语汝，及与汝相对，又不能启口，且以汝之有身也，更恐不胜悲，故惟日日呼酒买醉。嗟夫！当时余心之悲，盖不能以寸管形容之。

　　吾诚愿与汝相守以死，第以今日事势观之，天灾可以死，盗贼可以死，瓜分之日可以死，奸官污吏虐民可以死，吾辈处今日之中国，国中无地无时不可以死。到那时使吾眼睁睁看汝死，或使汝眼睁睁看吾死，吾能之乎？抑汝能之乎？即可不死，而离散不相见，徒使两地眼成穿而骨化石，试问古来几曾见破镜能重圆？则较死为苦也，将奈之何？今日吾与汝幸双健。天下人不当死而死与不愿离而离者，不可数计，钟情如我辈者，能忍之乎？此吾所以敢率性就死不顾汝也。吾今死无余憾，国事成不成自有同志者在。依新已五岁，转眼成人，汝其善抚之，使之肖我。汝腹中之物，吾疑其女也，女必像汝，吾心甚慰。或又是男，则亦教其以父志为志，则吾死后尚有二意洞在也。幸甚，幸甚！吾家后日当甚贫，贫无所苦，清静过日而已。

　　吾今与汝无言矣。吾居九泉之下遥闻汝哭声，当哭相和也。吾平日不信有鬼，今则又望其真有。今是人又言心电感应有道，吾亦望其言是实，则吾之死，吾灵尚依依旁汝也，汝不必以无侣悲。

　　吾平生未尝以吾所志语汝，是吾不是处；然语之，又恐汝日日为吾担忧。吾牺牲百死而不辞，而使汝担忧，的的非吾所忍。吾爱汝至，所以为汝谋者惟恐未尽。汝幸而偶我，又何不幸而生今日中国！吾幸而得汝，又何不幸而生今日之中国！卒不忍独善其身。嗟夫！巾短情长，所未尽者，尚有万千，汝可以模拟得之。吾今不能见汝矣！汝不能舍吾，其时时于梦中得我乎？一恸。

　　辛未三月廿六夜四鼓，意洞手书。家中诸母皆通文，有不解处，望请其指教，当尽吾意为幸。

生活总是来来往往，
千万别等来日方长

后来才知道，人生中大部分告别是悄无生息的，原来某天的相见，竟是最后一面。我们总以为来日方长，却不知这世间有太多遗憾来不及收场。

赋得永久的悔

李羡林

　　题目是韩小蕙女士出的，所以名之曰"赋得"。但文章是我心甘情愿作的，所以不是八股。

　　我为什么心甘情愿作这样一篇文章呢？一言以蔽之，题目出得好，不但实获我心，而且先获我心：我早就想写这样一篇东西了。

　　我已经到了望九之年。在过去的七八十年中，从乡下到城里，从国内到国外，从小学、中学、大学到洋研究院，从"志于学"到超过"从心所欲不逾矩"，曲曲折折、坎坎坷坷，既走过阳关大道，也走过独木小桥；既经过"山重水复疑无路"，又看到"柳暗花明又一村"，喜悦与忧伤并驾，失望与希望齐飞，我的经历可谓多矣。要讲后悔之事，那是俯拾即是。要选其中最深切、最真实、最难忘的悔，也就是永久的悔，那也是唾手可得，因为它片刻也没有离开过我的心。

　　我这永久的悔就是：不该离开故乡，离开母亲。

　　我出生在鲁西北一个极端贫困的村庄里。我们家是贫中之贫，真可以说是贫无立锥之地。"十年浩劫"中，我自己跳出来反对北大那一位倒行逆施但又炙手可热的"老佛爷"，被她视为眼中钉，必欲除之而后快。她手下的小喽啰们曾两次窜到我的故乡，处心积虑把我"打"成地主，他们那种狗仗人势穷凶极恶的教师爷架子，并没有能吓倒我的乡亲。我小时候的一位伙伴指着他们的鼻子，大声说："如果让整个官庄来诉苦的话，季羡林家里是第一家！"

这一句话并没有夸大，他说的是实情。我祖父母早亡，留下了我父亲等三个兄弟，孤苦伶仃，无依无靠。最小的一叔送了人。我父亲和九叔饿得没有办法，只好到别人家的枣林里去捡落到地上的干枣充饥。这当然不是长久之计。最后兄弟俩被逼背井离乡，盲流到济南去谋生。此时他俩也不过十几二十岁。在举目无亲的大城市里，必然是经过千辛万苦，九叔在济南落住了脚。于是我父亲就回到了故乡，说是农民，但又无田可耕。又必然是经过千辛万苦，九叔从济南有时寄点钱回家，父亲赖以生活。不知怎么一来，竟然寻上了媳妇，她就是我的母亲。母亲的娘家姓赵，门当户对，她家穷得同我们家差不多，否则也绝不会结亲。她家里饭都吃不上，哪里有钱、有闲上学。所以我母亲一个字也不识，活了一辈子，连个名字都没有。她家是在另一个庄上，离我们庄五里路。这个五里路就是我母亲毕生所走的最长的距离。

北京大学那一位"老佛爷"要"打"成"地主"的人，也就是我，就出生在这样一个家庭里，就有这样一位母亲。

后来我听说，我们家确实也"阔"过一阵。大概在清末民初，九叔在东三省用口袋里剩下的最后五角钱，买了十分之一的湖北水灾奖券，中了奖。兄弟俩商量，要"富贵而归故乡"，回家扬一下眉，吐一下气。于是把钱运回家，九叔仍然留在城里，乡里的事由父亲一手张罗。他用荒唐离奇的价钱，买了砖瓦，盖了房子。又用荒唐离奇的价钱，置了一块带一口水井的田地。一时兴会淋漓，真正扬眉吐气了。可惜好景不长，我父亲又用荒唐离奇的方式，仿佛宋江一样，豁达大度，招待四方朋友。一转瞬间，盖成的瓦房又拆了卖砖，卖瓦。有水井的田地也改变了主人。全家又回归到原来的情况。我就是在这个时候，在这样的情况下降生到人间来的。

母亲当然亲身经历了这个巨大的变化。可惜，当我同母亲住在一起的时候，我只有几岁，告诉我，我也不懂。所以，我们家这一次陡然上升，又陡然下降，只像是昙花一现，我到现在也不完全明白。这个谜恐怕要成为永恒的谜了。

不管怎样，我们家又恢复到从前那种穷困的情况。后来听人说，我们家那时只有半亩多地。这半亩多地是怎么来的，我也不清楚。一家三口人就靠这半亩多地生活。城里的九叔当然还会给点接济，然而像中湖北水灾奖那样的事儿，一辈子有一次也不算少了，九叔没有多少钱接济他的哥哥了。

家里日子是怎样过的，我年龄太小，说不清楚。反正吃得极坏，这个我是懂得的。按照当时的标准，吃"白的"（指麦子面）最高，其次是吃小米面或棒子面饼子，最次是吃红高粱饼子，颜色是红的，像猪肝一样。"白的"与我们家无缘。"黄的"（小米面或棒子面饼子颜色都是黄的）与我们缘分也不大。终日为伍者只有"红的"。这"红的"又苦又涩，真是难以下咽。但不吃又害饿，我真有点谈"红"色变了。

但是，小孩子也有小孩子的办法。我祖父的堂兄是一个举人，他的夫人我喊她奶奶。他们这一支是有钱有地的。虽然举人死了，但家境依然很好。我这一位大奶奶仍然健在。她的亲孙子早亡，所以把全部的钟爱都倾注到我身上来。她是整个官庄能够吃"白的"的仅有的几个人中之一。她不但自己吃，而且每天都给我留出半个或者四分之一个白面馍馍来。我每天早晨一睁眼，立即跳下炕来向村里跑，我们家住在村外。我跑到大奶奶跟前，清脆甜美地喊上一声："奶奶！"她立即笑得合不上嘴，把手缩回到肥大的袖子，从口袋里掏出一小块馍馍，递给我，这是我一天最幸福的时刻。

此外，我也偶尔能够吃一点"白的"，这是我自己用劳动换来的。一到夏天麦收季节，我们家根本没有什么麦子可收。对门住的宁家大婶子和大姑——她们家也穷得够呛——就带我到本村或外村富人的地里去"拾麦子"。所谓"拾麦子"就是别家的长工割过麦子，总还会剩下那么一点点麦穗，这些都是不值得一捡的，我们这些穷人就来"拾"。因为剩下的绝不会多，我们拾上半天，也不过拾半篮子；然而对我们来说，这已经是如获至宝了。一定是大婶和大姑对我特别照顾，以一个四五岁、五六岁的孩子，拾上一个夏天，也能拾上十斤八斤麦粒。这些都是母亲亲手搓出来的。为了对我加以奖励，麦季过后，母亲便把麦子磨成面，蒸成馍馍，或贴成白面饼子，让我解解馋。我于是就大快朵颐了。

记得有一年，我拾麦子的成绩也许是有点"超常"。到了中秋节——农民嘴里叫"八月十五"——母亲不知从哪里弄了点月饼，给我掰了一块，我就蹲在一块石头旁边，大吃起来。在当时，对我来说，月饼可真是神奇的好东西，龙肝凤髓也难以比得上的，我难得吃上一次。我当时并没有注意，母亲是否也在吃。现在回想起来，她根本一口也没有吃。不但是月饼，连其他"白的"，母亲从来都没有尝过，都留给我吃了。她大概是毕生就与红色的高粱饼子为伍。到了俭年，连这个也吃不上，那就只有吃野菜了。

至于肉类，吃的回忆似乎是一片空白。我姥娘家隔壁是一家卖煮牛肉的作坊。给农民劳苦耕耘了一辈子的老黄牛，到了老年，耕不动了，几个农民便以极其低的价钱买来，用极其野蛮的办法杀死，把肉煮烂，然后卖掉。老牛肉难煮，实在没有办法，农民就在肉锅里小便一通，这样肉就好烂了。农民心肠好，有了这种情况，就昭告四邻："今天的肉你们别买！"姥娘家穷，虽然极其疼爱我这个外孙，也只能用土罐子，花几个制钱，装一罐子牛肉汤，聊胜于无。记得有一次，罐子里多了一块牛肚子。这就成了我的专利。我舍不得一气吃掉，就用生了锈的小铁刀，一块一块地割着吃，慢慢地吃。这一块牛肚真可以同月饼媲美了。

"白的"、月饼和牛肚难得，"黄的"怎样呢？"黄的"也同样难得。但是，尽管我只有几岁，我却也想出了办法。到了春、夏、秋三个季节，庄外的草和庄稼都长起来了。我就到庄外去割草，或者到人家高粱地里去劈高粱叶。劈高粱叶，田主不但不禁止，而且还欢迎；因为叶子一劈，通风情况就能改进，高粱长得就能更好，粮食打得就能更多。草和高粱叶都是喂牛用的。我们家穷，从来没有养过牛。我二大爷家是有地的，经常养着两头大牛。我这草和高粱叶就是给它们准备的。每当我这个不到三块豆腐干高的孩子背着一大捆草或高粱叶走进二大爷的大门，我心里有所恃而不恐，把草放在牛圈里，赖着不走，总能蹭上一顿"黄的"吃，不会被二大娘"卷"（我们那里的土话，意思是"骂"）出来。到了过年的时候，自己心里觉得，在过去的一年里，自己喂牛立了功，又有了勇气到二大爷家里赖着吃黄面糕。黄面糕是用黄米面加上枣蒸成的。颜色虽黄，却位列"白的"之上，因为一年只在过年时吃一次，"物以稀为贵"，于是黄面糕就贵了起来。

我上面讲的全是吃的东西。为什么一讲到母亲就讲起吃的东西来了呢？原因并不复杂。第一，我作为一个孩子容易关心吃的东西。

第二，所有我在上面提到的好吃的东西，几乎都与母亲无缘。除了"红的"以外，其余她都不沾边儿。我在她身边只待到六岁，以后两次奔丧回家，待的时间也很短。现在我回忆起来，连母亲的面影都是迷离模糊的，没有一个清晰的轮廓。特别有一点，让我难解而又易解：我无论如何也回忆不起母亲的笑容来，她好像是一辈子都没有笑过。家境贫困，儿子远离，她受尽了苦难，笑容从何而来呢？有一次我回家听对面的宁大婶子告诉我说："你娘经常说：'早知道送出去回不来，我无论如何也不会放他走的！'"简短的一句话里面含着多少辛酸、多少悲伤啊！母亲不知有多少日日夜夜，眼望远方，盼望自己的儿子回来啊！然而这个儿子却始终没有归去，一直到母亲离开这个世界。

　　对于这个情况，我最初懵懵懂懂，理解得并不深刻。到了上高中的时候，自己大了几岁，逐渐理解了。但是自己寄人篱下，经济不能独立，空有雄心壮志，怎奈无法实现，我暗暗地下定了决心，立下誓愿：一旦大学毕业，自己找到工作，立即迎养母亲。然而没有等到我大学毕业，母亲就离开我走了，永远永远地走了。古人说："树欲静而风不止，子欲养而亲不待。"这话正应到我身上，我不忍想象母亲临终时思念爱子的情况；一想到，我就会心肝俱裂，眼泪盈眶。当我从北平赶回济南，又从济南赶回清平奔丧的时候，看到了母亲的棺材，看到那简陋的屋子，我真想一头撞死在棺材上，随母亲于地下。我后悔，我真后悔，我千不该万不该离开了母亲。世界上无论什么名誉、什么地位、什么幸福、什么尊荣，都比不上待在母亲身边，即使她一个字也不识，即使整天吃"红的"。

　　这就是我的"永久的悔"。

无法投递之邮件（四则）

许地山

弁言

有话说不出是苦；说出来没有人听，更苦。有信不能投递是不幸；递而递不到，更不幸。这样的苦与不幸，稍有人间经验的人没有一个不尝过。

一个惯在巴黎歌剧场鉴赏歌舞的人到北京的茶园去听昆曲，也许会捧腹大笑，说"这是什么音乐？"这样的人，我们可以说他不懂昆曲。一只百灵在笼里嘤鸣，养它的主人虽然听不懂它的意思，却也能羡赏它的声音，或误会它，以为它向着自己献媚。一只蜩蝉藏在阴森的丛叶底下，不断地长鸣，也是为求它的伴侣，可是有时把声音叫嘶了，还是求不着。在笼里的鸟不能因为自己不自由，或被人误会而不唱。在叶底的蝉不能因求伴不得而不叫唤。说话与写信也是如此。听不懂，看不懂，未必不能再说，再写。至若辞不达意，而读者能够理会，就更可以写；辞能达意，明知读者要误会，亦不能不写。写在我，读在人，理会与误会，我可以不管。投在我，递在人，有法投递与无法投递，我也可以不管。只要写了，投了，我心就安慰而满足了。只要我底情意表示出来，虽递不到，我也算它递到了。

十六年十一月落华生自叙于面壁斋

给憬然三姑

不能投递之情形——本宅并无"憬然三姑"称谓，恐怕是投错了。

我来找你，并不是不知道你已嫁了，怎么你总不敢出来和我叙叙旧话？我一定要认识你的"天"以后才可以见你么？三千里的海山，十二年的隔绝此间：每年，每月，每个时辰，每一念中都盼着要再会你。一踏入你家的大门，我心便摆得如秋千一般，几乎把心房上的大脉振断了。谁知坐了半天，你总不出来！好容易见你出来，客气话说了，又跑去坐在我背后。那时许多人要与我谈话，我怎好意思回过脸去向着你？

合卺酒是女人的孟婆汤，一喝便把儿女旧事都忘了；所以你一见了我，只似曾相识，似怕人知道我们曾相识，两意三心，把旧时的好话都撇在一边。

那一年的深秋，我们同在昌华小榭赏残荷。我的手误触在竹栏边的仙人掌上，竟至流血不止。你从你的镜囊取些粉纸，又拔下两根你香柔而黑甜的头发，为我裹缠伤处。你记得那时所说的话么？你说："这头发虽然不如弦的韧，用来缠伤，足能使得，就是用来系爱人的爱也未必不能胜任。"你含羞说出的话真果把我的心系住，可是你的记忆早与我的伤痕一同丧失了。

又是一年的秋天，我们同在屋顶放一只心形纸鸢。你扶着我的肩膀看我把线放尽了。纸鸢腾得很高，因为风力过大，扯得线儿欲

143

断不断。你记得你那时所说的话么？你说："这也不是'红线'，容它断了罢。"我说："你想我舍得把我偷闲做的'心'放弃掉么？纵然没有红线，也不能容它流落。"你说："放掉假心，还有真心呢。"你从我手里把白线夺过去，一撒手，纸鸢便翻了无数的筋斗，带着堕线飞去挂在皇觉寺塔顶，那破心的纤维也许还存在塔上，可是你的记忆早与当时的风一样地不能追寻了。

有一次，我们在流花桥上听鹧鸪，你的白袜子给道旁的曼陀罗花汁染污了。我要你脱下来，让我替你洗净。你记得当时你说什么来？你说："你不怕人笑话么？岂有男子给女人洗袜子的道理？你忘了我方才栀子花蒂在你掌上写了我的名字么？一到水里，可不把我的名字从你手心洗掉，你怎舍得？"唉，现在你的记忆也和写在我掌上的名字一同消灭了！

真是！合卺酒是女人的孟婆汤，一喝便把儿女旧事都忘了。但一切往事在我心中都如残机的线，线线都相连着，一时还不能断尽。我知道你现在很快活，因为有了许多子女在你膝下。我一想起你，也是和你对着儿女时一样地喜欢。

给爽君夫妇

不能投递之情形——爽君逃了！不知去向。

你的问题，实在是时代的问题，我不是先知，也不能说出其中的秘奥。但我可以把几位朋友所说的话介绍给你知道，你定然是狠乐意地念一念。

我有一位朋友说："要双方发生误解，才有爱情。"他的意思以为相互的误解是爱情底基础。若有一方面了解，一方面误解，爱也无从悬挂的。若两方都互相了解，只能发生更好的友谊罢了。爱情的发生，因为我不知道你是怎么一回事，你也不知道我是怎么一回事才有的。多会彼此都知道得狠透澈，那时便是爱情的老死期了。

又有一位朋友说："爱情是彼此帮助：凡事不顾自己，只顾人。"这句话，据我看来，未免广泛一点。我想你也知道其中不尽然的地方。

又有一位朋友说："能够把自己的人格忘了，去求两方更高的共同人格，便是爱情。"他以为爱情是无我相的，有"我"的执着便不能爱，所以要把人格丢掉。然而人格在人间生活的期间内是不能抛弃的，为这缘故，就不能不再找一个比自己人格更高尚的东西。他说这要找的便是共同人格。两方因为再找一个共同人格，在某一点上相遇了，便连合起来，成为爱情。

此外有许多陈腐而很新鲜的论调我也不多说了。总之，爱情是非常神秘，而且是一个人一样的。近时的作家每要夸炫说"我是不写爱情小说，不做爱情诗的"。介绍一个作家，也要说"他是不写爱情的文艺的"。我想这就是我们不能了解爱情本体的原因。爱情就是生活，若是一个作家不会描写，或不敢描写，他便不配写其余的文艺。

我自信我是有情人，虽不能知道爱情的神秘，却愿多多地描写爱情生活。我立愿尽此生，能写一篇爱情生活，便写一篇；能写十篇，便写十篇；能百，千，亿，万篇，便写百，千，亿，万篇。立这悲愿，为的是安慰一般互相误解，不明白的人。你能不骂我是爱情牢狱的广告人么？这信写来答复爽君。亦雄也可同念。

给槿妹

不能投递之情形——受信人地址不明。

烟浓雨乱，正苦秋寒，可巧你所赠的寒衣从柏林寄到，我还没有穿上，已觉得遍体暖和了。槿妹，谢谢你，亏你想到我是一个飘零的人，没有人给我做衣服。更亏你把我的住址打听出来。我们不通音信已经好些年了。

我今天发见了在那绒衫的口袋里有你的一封信。拆开一信，又是失望，又是安慰。失望的是你只说一句话；安慰的是你还用我们做孩子时代的名字称呼我。槿妹，自运甓斋见后，到现在，忽已过了二十年。听说你已有了三四孩子了。前年我在亲戚家里，偶然看见你和槐姊的小照。槐姊老得凶，你却与从前的模样差不了多少，只是短一团实髻盘在脑后。

槿妹，我从亲戚家里知道你近来的生活，使我实在安慰。听说妹夫还是带着旧家公子的脾气，然而对于你却十分敬爱，那就很难得了。你哥哥在上海镇日和酒与女人作伴，若在独居的时候，便要长嘘短叹。我们是同年同学，却想不到他的生活与我的相差得这么远。

我想来想去，想不出用什么东西来报答你的盛意。因为凡我所能买的，你都容易要得着。不如将你幼时赠给我的小戒指返赠给你的女儿罢。从前的事我想你必曾对妹夫说过，所以我敢这样做。我想他也不致于诧异。我们见的机会，不晓得在什么时候，你见了那戒指，就可以帮助你回忆我们幼年时代的情意。

给怀霄

不能投递之情形——此信遗在道旁，由陈斋夫拾回。

好几次写信给你都从火炉里捎去。我希望当你看见从我信笺上化出来那几缕烟在空中飘扬的时候，我的意见也能同时印入你的网膜。

怀，我不愿意写信给你的缘故，因为你只当我是有情的人，不当我是有趣的人。我尝对人说，你是可爱，不过你游戏天地的心比什么都强，人们还够不上爱你。朋友们都说我爱你，连你也是这样想，真是怪事！你想男女得先定其必能相爱，然后互相往来么？好人甚多，怎能对于个个人发生爱恋。我的朋友，在爱的田园中，当然免不了三风四雨。从来没有不变化的天气能教一切花果开得斑烂，结得磊砢的。你连种子还没下，就想得着果实，更是办不到的。我告诉你，真能下雨的云是一声也不响的。不掉点儿的密云，雷电反发射得弥满天地。所以人家的话，不一定就是事实，请你放心。

男子愿意做女人的好伴侣或好朋友，可不愿意当她们的奴才，供她们使令。他愿意帮助她们，可不喜欢奉承谄媚她们。男子就是男子；媚是女人的事。你若把"女王""女神"的尊号暂时收在镜囊里，一定要得着许多能帮助你的朋友。我知道你的性地很冷酷，你不但不愿意得几位新的好友，或极疏淡的学问之交，连旧的你也要一个一个弃绝掉。嫁了的女朋友和做了官的男相识都是不念旧好的。与他们见面时，常竟如路人。你还未嫁，还未做官，不该施行那样的事情。我不是呵责你，也不是生气。就使你侮辱我到极点，我也不生气。我不过尽我的情劝告你罢了。说到劝告，也是不得已的。这封信也是在万不得已的境遇的下写的。写完了，我还是盼望你收不到。

致父母亲

徐志摩

我至爱爸妈膝下：

　　自爱亲回硖后，儿因看妈上车时衰弱情状，心中甚为难过，无时不在念中，惟此星期预备上课，往来宁沪，迄未得暇，不曾修禀问候，不知妈到家后精神有见好否？今日在大马路遇见幼仪与朱太太买物，说起爸爸来信言，妈心感不快，常自悲泣，身体亦不见健，儿当时觉得十分难受，明知爱亲常常不乐，半为儿不孝，不能顺从爱亲意念所至。妈身体屡弱至此，儿亦不能稍尽奉养之职，即如今日闻幼仪言后，何尝不想立刻回硖省候，但转念学校功课繁重，又是初初开学，未便请假，因此甚感两难。妈亦是明白人，其实何必不看开些，何必自苦如此。妈想，妈若不乐，爸爸在家当然亦不能自得，儿在外闻知，亦不禁心悬两地，不能尽心教书，即幼仪亦言回家去，只见到忧愁，听到忧愁，实在有些怕去。如此一来，岂非一家人都不得安宁，有何乐趣？其实天下事全在各人如何看法，绝对满意事，是不可有的，做人只能随时譬解，自寻快乐。即如我家情形，不能骨肉常时团聚，自是一憾，但现在时代不同，往时大家庭办法决不可能，既然如此，彼此自然只能退一步想，儿虽不孝，爱亲一样有儿有孙有女，况只要爱亲不嫌，一家仍可时常相处。儿最引以为虑的，是妈妈的身体，我与幼仪一样思想，只求妈能看开些，决心养好身体，只要精神一健，肝肠自然平顺，看事情亦可从好处着想，爸爸本性是爱热闹豁达大度的，自无问题，我等亦能安命无所怨尤，岂非一家和顺，人人可以快乐安慰？妈总要这样想才好。先前的理想现已不可能，当然只能放开，好在目前情形，并不过于不堪，妈又何必执意悲观，结果一家人都不愉快，有何好处？儿拙于口才，每次见妈，多所抱怨，又不容置辩，只能缄默，万分无奈，姑且再写此信去劝妈妈，万事总当从亮处看，一家康宁和顺，已是幸福，理想是做不到的。妈能听儿解劝，则第一要事就该自己当心养息，儿等在外做事，但盼家信来说爱亲身体安健，心怀舒畅，如得消息不安或不快，则儿等立即感受忧愁，不能安心做事矣。此点儿反复申说，纯出至诚，尚望爸爸再以此向妈疏说，同意好好看顾妈心，说说笑话，硖居如闷，最好仍来上海，能来儿处最佳，否则幼仪处亦好。儿懒惰半年多，忽然忙碌，不免感劳，但亦无可如何也。星一去南京。昨晚回来，光华每日有课，下星一仍赴宁。专此敬叩金安。

儿摩叩禀，小曼叩安。
九月廿六日。

149

想我的母亲

梁实秋

父母对子女的爱，子女对父母的爱，是神圣的。我写过一些杂忆的文字，不曾写过我的父母，因为关于这个题目我不敢轻易下笔。小民女士逼我写几句话，辞不获已，谨先略述二三小事以应，然已临文不胜风木之悲。

我的母亲姓沈，杭州人。世居城内上羊市街。我在幼时曾侍母归宁，时外祖母尚在，年近八十。外祖父入学后，没有更进一步的功名，但是课子女读书甚严。我的母亲教导我们读书启蒙，尝说起她小时苦读的情形。她同我的两位舅父一起冬夜读书，冷得腿脚僵冻，取大竹篓一，实以败絮，三个人伸足其中以取暖。我当时听得惕然心惊，遂不敢荒嬉。我的母亲来我家时年甫十八九，以后操持家务尽瘁终身，不复有暇进修。

我同胞兄弟姊妹十一人，母亲的劬育之劳可想而知。我记得我母亲常于百忙之中抽空给我们几个较小的孩子们洗澡。我怕肥皂水流到眼里，我怕痒，总是躲躲闪闪，总是咯咯地笑个不住，母亲没有工夫和我们纠缠，随手一巴掌打在身上，边洗边打边笑。

北方的冬天冷，屋里虽然有火炉，睡时被褥还是凉似铁。尤其是钻进被窝之后，脖子后面透风，冷气顺着脊背吹了进来。我们几个孩子睡一个大炕，头朝外，一排四个被窝。母亲每晚看到我们钻进被窝，吱吱喳喳地笑语不停，便走过来把油灯吹熄，然后给我们一个个地把脖子后面的棉被塞紧，被窝立刻暖和起来，不知不觉地就睡着了。我不知道母亲用的是什么手法，只知道她塞棉被带给我无可言说的温暖舒适，我至今想起来还是快乐的，可是那个感受不可复得了。

我从小不喜欢喧闹。祖父母生日照例院里搭台唱傀儡戏或滦州影戏。一过八点我便掉头而去进屋睡觉。母亲得暇便取出一个大簸箩，里面装的是针线剪尺一类的缝纫器材，她要做一些缝缝补补的工作，这时候我总是一声不响地偎在她的身旁，她赶我走我也不走，有时候竟睡着了。母亲说我乖，也说我孤僻。如今想想，一个人能有多少时间可以偎在母亲身旁？

在我的儿时记忆中，我母亲好像是没有时候睡觉的。天亮就要起来，给我们梳小辫是一桩大事，一根一根地梳个没完。她自己要梳头，我记得她用一把抿子蘸着刨花水，把头发弄得锃光大亮。然后她就要一听上房有动静便急忙前去当差。盖碗茶、燕窝、莲子、点心，都有人预备好了，但是需要她去双手捧着送到祖父母跟前，否则要儿媳妇做什么？在公婆面前，儿媳妇是永远站着，没有座位的。足足地站几个钟头下来，不是缠足的女人怕也受不了！最苦的是，公婆年纪大，不过午夜不安歇，儿媳妇要跟着熬夜在一旁侍候。她困极了，有时候回到房里来不及脱衣服倒下便睡着了。虽然如此，母亲从来没有发过一句怨言。到了民元前几年，祖父母相继去世，我母亲才稍得清闲，然而主持家政教养儿女也够她劳苦的了。她抽暇隔几年返回杭州老家去度夏，有好几次都是由我随侍。

母亲爱她的家乡。在北京住了几十年，乡音不能完全改掉。我们常取笑她，例如，北京的"京"，她说成"金"，她有时也跟我们学，总是学不好，她自己也觉得好笑。我有时学着说杭州话，她说难听死了，像是门口儿卖笋尖的小贩说的话。

我想一般人都会同意，凡是自己母亲做的菜永远是最好吃的。我的母亲平常不下厨房，但是她高兴的时候，尤其是父亲亲自到市场买回鱼鲜或其他南货的时候，在父亲特烦之下，她也欣然操起刀俎。这时候我们就有福了。我十四岁离家到清华，每星期回家一天，母亲就特别疼爱我，几乎很少例外地要给我炒一盘冬笋木耳韭菜黄肉丝，起锅时浇一勺花雕酒，这是我最喜欢的一道菜。但是这一盘菜一定要母亲自己炒，别人炒味道就不一样了。

我母亲喜欢在高兴的时候喝几盅酒。冬天午后围炉的时候，她常要我们打电话到长发叫五斤花雕，绿釉瓦罐，口上罩着一张毛边纸，温热了倒在茶杯里和我们共饮。下酒的是大落花生，若是有"抓空儿的"，买些干瘪的花生吃则更有味。我和两位姐姐陪母亲一顿吃完那一罐酒。后来我在四川独居无聊，一斤花生一罐茅台当作晚饭，朋友们笑我吃"花酒"，其实是我母亲留下的作风。

我自从入了清华，以后和母亲在一起的时候就少了。抗战前后各有三年和母亲住在一起。母亲晚年喜欢听平剧，最常去的地方是吉祥，因为离家近，打个电话给卖飞票的，总有好的座位。我很后悔没能分出时间陪她听戏，只是由我的姐姐弟弟们陪她消遣。

我父亲曾对我说，我们的家所以成为一个家，我们几个孩子所以能成为人，全是靠了我母亲的辛劳维护。一九四九年以后，音讯中断，直等到恢复联系，才知道母亲早已弃养，享寿九十岁。西俗，母亲节佩红康乃馨，如不确知母亲是否尚在则佩红白康乃馨各一。如今我只有佩白康乃馨的份儿了，养生送死，两俱有亏，惨痛惨痛！

恐怖

石评梅

父亲的生命是秋深了。

如一片黄叶系在树梢。十年，五年，三年以后，明天或许就在今晚都说不定。因之，无论大家怎样欢欣团聚的时候，一种可怕的暗影，或悄悄飞到我们眼前。

就是父亲在喜欢时，也会忽然的感叹起来！

尤其是我，脆弱的神经，有时想的很久远很恐怖。父亲在我家里是和平之神。假如他有一天离开人间，那我和母亲就沉沦在更深的苦痛中了。维持我今日家庭的绳索是父亲，绳索断了，那自然是一个莫测高深的陨坠了。

逆料多少年大家庭中压伏的积怨，总会爆发的。这爆发后毁灭一切的火星落下时，怕懦弱的母亲是不能逃免！

我爱护她，自然受同样的创缚，处同样的命运是无庸疑议了。那时人们一切的矫饰虚伪，都会褪落的；心底的刺也许就变成弦上的箭了。

多少隐恨说不出在心头。

每年归来，深夜人静后，母亲在我枕畔偷偷流泪！我无力挽回她过去铸错的命运，只有精神上同受这无期的刑罚。

有时我虽离开母亲，凄冷风雨之夜，灯残梦醒之时，耳中犹仿佛听见枕畔有母亲眼泪的声音。不过我还很欣慰父亲的健在，一切都能给她作防御的盾牌。

谈到父亲，七十多年的岁月，也是和我一样颠沛流离，忧患丛生，痛苦过于幸福。每次和我们谈到他少年事，总是残泪沾襟，不忍重提。这是我的罪戾啊！不能用自己软弱的双手，替父亲抚摸去这苦痛的瘢痕。

我自然是萍踪浪迹，不易归来；但有时交通阻碍也从中作梗。这次回来后，父亲很想乘我在面前，预嘱他死后的诸事，不过每次都是泪眼模糊，断续不能尽其辞。

有一次提到他墓穴的建修，愿意让我陪他去看看工程，我低头咽着泪答应了。

那天夜里，母亲派人将父亲的轿子预备好，我和曾任监工的族叔蔚文同着去，打算骑了姑母家的驴子。

翌晨十点钟出发：母亲和芬嫂都嘱咐我好好招呼着父亲，怕他见了自己的坟穴难过；我也不知该怎样安慰防备着，只觉心中感到万分惨痛。

一路很艰险，经过都是些崎岖山径；同样是青青山色，潺潺流水，但每人心中都抑压着一种凄怆，虽然是旭日如烘，万象鲜明，而我只觉前途是笼罩一层神秘恐怖黑幕，这黑幕便是旅途的终点，父亲是一步一步走近这伟大无涯的黑幕了。

在一个高堑如削的山峰前停住，父亲的轿子落在平地。我慌忙下了驴子向前扶着，觉他身体有点颤抖，步履也很软弱，我让他坐在崖石上休息一会。

这真是一个风景幽美的地方，后面是连亘不断的峰峦，前面是青翠一片麦田；山峰下隐约林中有炊烟，有鸡唱犬吠的声音。

父亲指着说：

"那一带村庄是红叶沟，我的祖父隐居在高塔的庙里，那庙叫华严寺。有一股温泉，流汇到这庙后的崖下。土人传说这泉水可以治眼病呢！我小时候随着祖父，在这里读书；已经有三十多年不来了，人事过的真快呵！不觉得我也这样老了。"父亲仰头叹息着。

蔚叔领导着进了那摩云参天的松林，苍绿阴森的荫影下，现出无数冢墓，矗立着倒斜着风雨剥蚀的短碣碑。地上丛生了许多草花。红的黄的紫的夹杂着十分好看。

蔚叔回转进一带白杨，我和父亲慢步徐行，阵阵风吹，声声蝉鸣，都显得惨淡空寂，静默如死。

蔚叔站住了，面前堆满了磨新的青石和沙屑，那旁边就是一个深的洞穴，这就是将来掩埋父亲尸体的坟墓。我小心看着父亲，他神色现得异样惨淡，银须白发中，包掩着无限的伤痛。

一阵风吹起父亲的袍角，银须也缓缓飘拂到左襟；白杨树上叶子磨擦的声音，如幽咽泣诉，令人酸梗，这时他颤巍巍扶着我来到墓穴前站定。

父亲很仔细周详的在墓穴四周看了一遍，觉得很如意。蔚叔又和他筹画墓头的式样，他还能掩饰住悲痛说："外面的式样坚固些就成啦；不要太讲究了，靡费金钱。只要里面干燥光滑一点，棺木不受伤就可以了。"

回头又向我说：

"这些事情原不必要我自己做，不过你和璜哥，整年都在外面；我老了，无可讳言是快到坟墓去了。在家也无事，不愁穿，不愁吃，有时就愁到我最后的安置。棺木已扎好了，里子也裱漆完了。

衣服呢，我不愿意穿前清的遗服或现在的袍褂。我想走的时候穿一身道袍。璜哥已由汉口给我寄来了一套，鞋帽都有，哪天请母亲找出来你看看。我一生廉洁寒苦，不愿浪费，只求我心身安适就成了。

都预备好后，省临时麻烦，不然你们如果因事忙因道阻不能回来时，不是要焦急吗？我愿能悄悄地走了，不要给你们灵魂上感到悲伤。生如寄，死如归，本不必认真呵！"

我低头不语，怕他难过，偷偷把泪咽下去。

等蔚叔扶父亲上了轿后，我才取出手绢擦泪。

临去时我向松林群冢望了一眼，再来时怕已是一个梦醒后。

跪在洞穴前祷告上帝：

愿以我青春火焰，燃烧父亲残弱的光辉！千万不要接引我的慈爱父亲来到这里呵！

这是我第二次感到坟墓的残忍可怕，死是这样伟大的无情。

父亲的病

鲁迅

大约十多年前罢，S城中曾经盛传过一个名医的故事：

他出诊原来是一元四角，特拔十元，深夜加倍，出城又加倍。有一夜，一家城外人家的闺女生急病，来请他了，因为他其实已经阔得不耐烦，便非一百元不去。他们只得都依他。待去时，却只是草草地一看，说道"不要紧的"，开一张方，拿了一百元就走。那病家似乎很有钱，第二天又来请了。他一到门，只见主人笑面承迎，道，"昨晚服了先生的药，好得多了，所以再请你来复诊一回。"仍旧引到房里，老妈子便将病人的手拉出帐外来。他一按，冷冰冰的，也没有脉，于是点点头道，"唔，这病我明白了。"从从容容走到桌前，取了药方纸，提笔写道：

"凭票付英洋壹百元正。"下面是署名，画押。

"先生，这病看来很不轻了，用药怕还得重一点罢。"主人在背后说。

"可以，"他说。于是另开了一张方：

"凭票付英洋贰百元正。"下面仍是署名，画押。

这样，主人就收了药方，很客气地送他出来了。

我曾经和这名医周旋过两整年，因为他隔日一回，来诊我的父亲的病。那时虽然已经很有名，但还不至于阔得这样不耐烦；可是诊金却已经是一元四角。现在的都市上，诊金一次十元并不算奇，可是那时的一元四角已是巨款，很不容易张罗了；又何况是隔日一次。他大概的确有些特别，据舆论说，用药就与众不同。我不知道药品，所觉得的，就是"药引"的难得，新方一换，就得忙一大场。先买药，再寻药引。"生姜"两片，竹叶十片去尖，他是不用的了。起码是芦根，须到河边去掘；一到经霜三年的甘蔗，便至少也得搜寻两三天。可是说也奇怪，大约后来总没有购求不到的。

据舆论说，神妙就在这地方。先前有一个病人，百药无效；待到遇见了什么叶天士先生，只在旧方上加了一味药引：梧桐叶。只一服，便霍然而愈了。"医者，意也。"其时是秋天，而梧桐先知秋气。其先百药不投，今以秋气动之，以气感气，所以……我虽然并不了然，但也十分佩服，知道凡有灵药，一定是很不容易得到的，求仙的人，甚至于还要拼了性命，跑进深山里去采呢。

这样有两年，渐渐地熟识，几乎是朋友了。父亲的水肿是逐日利害，将要不能起床；我对于经霜三年的甘蔗之流也逐渐失了信仰，采办药引似乎再没有先前一般踊跃了。正在这时候，他有一天来诊，问过病状，便极其诚恳地说："我所有的学问，都用尽了。这里还有一位陈莲河先生，本领比我高。我荐他来看一看，我可以写一封信。可是，病是不要紧的，不过经他的手，可以格外好得快……"

这一天似乎大家都有些不欢，仍然由我恭敬地送他上轿。进来时，看见父亲的脸色很异样，和大家谈论，大意是说自己的病大概没有希望的了；他因为看了两年，毫无效验，脸又太熟了，未免有些难以为情，所以等到危急时候，便荐一个生手自代，和自己完全脱了干系。但另外有什么法子呢？本城的名医，除他之外，实在也只有一个陈莲河了。明天就请陈莲河。

陈莲河的诊金也是一元四角。但前回的名医的脸是圆而胖的，他却长而胖了：这一点颇不同。还有用药也不同。前回的名医是一个人还可以办的，这一回却是一个人有些办不妥帖了，因为他一张药方上，总兼有一种特别的丸散和一种奇特的药引。

芦根和经霜三年的甘蔗，他就从来没有用过。最平常的是"蟋蟀一对"，旁注小字道："要原配，即本在一窠中者。"似乎昆虫也要贞节，续弦或再醮，连做药资格也丧失了。但这差使在我并不为难，走进百草园，十对也容易得，将它们用线一缚，活活地掷入沸汤中完事。然而还有"平地木十株"呢，这可谁也不知道是什么东西了，问药店，问乡下人，问卖草药的，问老年人，问读书人，问木匠，都只是摇摇头，临末才记起了那远房的叔祖，爱种一点花木的老人，跑去一问，他果然知道，是生在山中树下的一种小树，能结红子如小珊瑚珠的，普通都称为"老弗大"。

"踏破铁鞋无觅处，得来全不费功夫。"药引寻到了，然而还有一种特别的丸药：败鼓皮丸。这"败鼓皮丸"就是用打破的旧鼓皮做成；水肿一名鼓胀，一用打破的鼓皮自然就可以克伏他。清朝的刚毅因为憎恨"洋鬼子"，预备打他们，练了些兵称作"虎神营"，取虎能食羊，神能伏鬼的意思，也就是这道理。可惜这一种神药，全城中只有一家出售的，离我家就有五里，但这却不像平地木那样，必须暗中摸索了，陈莲河先生开方之后，就恳切详细地给我们说明。

"我有一种丹，"有一回陈莲河先生说，"点在舌上，我想一定可以见效。因为舌乃心之灵苗……价钱也并不贵，只要两块钱一盒……"

我父亲沉思了一会，摇摇头。

"我这样用药还会不大见效，"有一回陈莲河先生又说，"我想，可以请人看一看，可有什么冤愆……医能医病，不能医命，对不对？自然，这也许是前世的事……"

我的父亲沉思了一会，摇摇头。

凡国手，都能够起死回生的，我们走过医生的门前，常可以看见这样的扁额。现在是让步一点了，连医生自己也说道："西医长于外科，中医长于内科。"但是S城那时不但没有西医，并且谁也还没有想到天下有所谓西医，因此无论什么，都只能由轩辕岐伯的嫡派门徒包办。轩辕时候是巫医不分的，所以直到现在，他的门徒就见鬼，而且觉得"舌乃心之灵苗"。这就是中国人的"命"，连名医也无从医治的。

不肯用灵丹点在舌头上，又想不出"冤愆"来，自然，单吃了一百多天的"败鼓皮丸"有什么用呢？依然打不破水肿，父亲终于躺在床上喘气了。还请一回陈莲河先生，这回是特拔，大洋十元。他仍旧泰然地开了一张方，但已停止败鼓皮丸不用，药引也不很神妙了，所以只消半天，药就煎好，灌下去，却从口角上回了出来。

从此我便不再和陈莲河先生周旋，只在街上有时看见他坐在三名轿夫的快轿里飞一般抬过；听说他现在还康健，一面行医，一面还做中医什么学报，正在和只长于外科的西医奋斗哩。

中西的思想确乎有一点不同。听说中国的孝子们，一到将要"罪孽深重祸延父母"的时候，就买几斤人参，煎汤灌下去，希望父母多喘几天气，即使半天也好。我的一位教医学的先生却教给我医生的职务道：可医的应该给他医治，不可医的应该给他死得没有痛苦。——但这先生自然是西医。

　　父亲的喘气颇长久，连我也听得很吃力，然而谁也不能帮助他。我有时竟至于电光一闪似的想道："还是快一点喘完了罢……"立刻觉得这思想就不该，就是犯了罪；但同时又觉得这思想实在是正当的，我很爱我的父亲。便是现在，也还是这样想。

　　早晨，住在一门里的衍太太进来了。她是一个精通礼节的妇人，说我们不应该空等着。于是给他换衣服；又将纸锭和一种什么《高王经》烧成灰，用纸包了给他捏在拳头里……

　　"叫呀，你父亲要断气了。快叫呀！"衍太太说。

　　"父亲！父亲！"我就叫起来。

　　"大声！他听不见。还不快叫?！"

　　"父亲!!! 父亲!!!"

　　他已经平静下去的脸，忽然紧张了，将眼微微一睁，仿佛有一些苦痛。

　　"叫呀！快叫呀！"她催促说。

　　"父亲!!!"

　　"什么呢? ……不要嚷……不……"他低低地说，又较急地喘着气，好一会，这才复了原状，平静下去了。

　　"父亲!!!"我还叫他，一直到他咽了气。

　　我现在还听到那时的自己的这声音，每听到时，就觉得这却是我对于父亲的最大的错处。

十月七日。

哭摩

陆小曼

我深信世界上恐怕没有可以描写得出我现在心中悲痛的一支笔。不要说我自己这支轻易也不能动的一支。可是除此之外我更无可以泄我满怀伤怨的心的机会了，我希望摩的灵魂也来帮我一帮，苍天给我这一霹雳直打得我满身麻木得连哭都哭不出来，浑身只是一阵阵的麻木。几日的昏沉直到今天才清醒过来，知道你是真的与我永别了。摩！漫说是你，就怕是苍天也不能知道我现在心中是如何地疼痛，如何地悲伤！从前听人说起"心痛"，我老笑他们虚伪，我想人的心怎会觉得痛，这不过说说而已，谁知道我今天才真的尝到这一阵阵心中绞痛似的味儿了。你知道么？曾记得当初我只要稍有不适即有你声声地在旁慰问，咳，如今我即使是痛死也再没有你来低声下气地慰问了，摩，你是不是真的忍心永远地抛弃我了么？你从前不是说你我最后的呼吸也需要连在一起才不负你我相爱之情么？你为什么不早些告诉我是要飞去呢？直到如今我还是不信你真的是飞了，我还是在这儿天天盼着你回来陪我呢，你快点将未了的事情办一下，来同我一同到云外优游去吧，你不要一个人在外逍遥，忘记了闺中还有我等着呢？

这不是做梦么？生龙活虎似的你倒先我而去，留着一个病恹恹的我单独与这满是荆棘的前途来斗争。志摩，这不是太惨了么？我还留恋些什么？可是回头看看我那苍苍白发的老娘，我不由一阵阵地心酸，也不敢再羡你的清闲、爱你的优游了，我再哪有这勇气，去看她这个垂死的人与你双双飞进这云天里去围绕着灿烂的明星跳跃，忘却人间有忧愁有痛苦像只没有牵挂的梅花鸟。这类的清福怕我还没有缘去享受！我知道我在尘世间的罪还未满，尚有许多的痛苦与罪孽还等着我去忍受呢。我现在唯一的希望是你倘能在一个深沉的黑夜里，静静凄凄地放轻了脚步走到我的枕边给我些无声的私语让我在梦魂中知道你！我的大大是回家来探望你那忘不了的爱来了，那时间，我绝不张惶！你不要慌，没人会来惊扰我们的。多少你总得让我再见一见你那可爱的脸，我才有勇气往下过这寂寞的岁月，你来吧，摩！我在等着你呢。

事到如今我一点也不怨，怨谁好？恨谁好？你我五年的相聚只是幻影，不怪你忍心去，只怪我无福留，我是太薄命了，十年来受尽千般的精神痛苦，万样的心灵摧残，直将我这颗心打得破碎得不可收拾，到今天才真变成了死灰，也再不会发出怎样的光彩了。好在人生的刺激与柔情我也曾尝味，我也曾容忍过了，现在又受到了人生最可怕的死别。不死也不免是朵憔悴的花瓣再见不着阳光晒，也不见甘露漫了。从此我再不能知道世间有我的笑声了。

经过了许多的波折与艰难才达到了结合的日子，你我那时快乐得简直忘记了天有多高地有多厚，也忘记了世界上有忧愁二字，快活的日子过得与飞一般快，谁知道不久我们又走进忧城。病魔不断地来缠着我。它带着一切的烦恼，许多的痛苦，那时间我身体上受到了不可言语的沉痛，你精神上也无端地沉入忧闷，我知道你见我病身呻吟，转侧床笫，你心坎里有说不出的怜惜，满肠中有无限的伤感，你曾慰我，我无从使你再有安逸的日子。

摩，你为我荒度了你的诗意，失却了你的文兴，受着一般人的笑骂，我也只是在旁默然自恨，再没有法子使你像从前一样的欢乐。谁知你不顾一切地还是成天地安慰我，叫我不要因为生些病就看得前途只是黑暗，有你永远在我身边，不要再怕一切无谓的闲论。我就听着你静心平气地养病，只盼着天可怜我们几年的奋斗，给我们一个安逸的将来，谁知道如今一切都是幻影，我们的梦再也不能实现了，早知有今日何必当初你用尽心血地将我抚养呢？让我前年病死了，不是痛快得多么？你常说天无绝人之路，守着好了，哪知天竟绝人如此，哪里还有我平坦走着的道儿？这不是命么？还说什么？摩，不是我到今天还在怨你，你爱我，你不该轻生，我为你坐飞机，吵闹过不知几次，你还是忘了我的一切的叮咛，瞒着我独自地飞上天去了。

完了，完了，从此我再也听不到你那叽咕小语了，我心里的悲痛你知道么？我的破碎的心留着等你来补呢，你知道么？唉，你的灵魂也有时归来见我么？那天晚上我在朦胧中见到你往我身边跑，只是那一转眼的就不见了，等我跳着，叫着你，也再不见一些模糊的影子了，咳，你叫我从此怎样度此孤单的日月呢？真是叫天天不应，叫地地不响，苍天为何给我这样残酷的刑罚呢！从此我再不信有天道，有人心，我恨这世界，我恨天，恨地，我一切都恨，我恨他们为什么抢了我的你去，生生地将我们两颗碰在一起的心离了开去，从此叫我无处去摸我那一半热血未干的心，你看，我这一半还是不断地流着鲜红的血，流得满身只成了个血人。这伤痕除了那一半的心血来补，还有什么法子不叫她滴滴地直流呢，痛死了有谁知道，终有一天流完了血，自己就枯萎了。若是有时候你清风一阵地吹回来见着我成天为你滴血的一颗心，不知道又要如何地怜惜如何地张惶呢，我知道你又瞪着两个小猫似的眼珠儿乱叫乱喊着，看看，得了，我希望你叫得高声些，让我好听得见，你知道我现在只是一阵阵糊涂，有时人家大声地叫着我，我还是东张西望不知声音是何处来的呢。大大，若是我正在接近着梦边，你也不要怕扰了我的梦魂，像平常似的不敢惊动我，你知道我再不会骂你了，就是你打扰使我睡不着觉我也不敢再怨了，因为我只要再能得到你一次的扰，我就可以责问他们因何骗我说你不再回来，让他们看着我的摩还是丢不了我，乖乖地又回来陪伴着我了，这一回我可一定紧紧地搂抱你再不能叫你飞出我的怀抱了。天呀！可怜我，再让你回来一次吧！我没有得罪你，为什么罚我呢？

摩！我这儿叫你呢，我喉咙里叫得直要冒血了，你难道还没有听见么？直叫到铁树开花，枯木发芽我还是忍心等着，你一天不回来，我一天地叫，等着我哪天没有了气我才甘心地丢开这唯一的希望。

你这一走不单是碎了我的心，也收了不少朋友伤感的痛泪。这一下真使人们感觉到人世的可怕，世道的险恶，没有多少日子竟会将一个最纯白最天真不可多见的人收了去，与人世永诀。你也许到了天堂那儿还一样过你的欢乐的日子，可是你将我从此就断送了。

你以前不是说要我像清风似的常在你的左右么？好，现在倒是你先化着一阵清风飞去天边了，我盼你有时也吹回来帮着我做些未了的事情，只要你有耐心的话，最好是等着我将人世的事办完了同着你一同化风飞去，让朋友们永远只听见我们的风声而不见我们的人影，在黑暗里我们好永远逍遥自在地飞舞。

　　我真不明白你我在佛经上是怎样一种因果，既有缘相聚又因何中途分散，难道说这也有一定的定数么？记得我在北平的时候，那时还没有认识你，我是成天地过着那忍泪假笑的生活。我对人老含着一片至诚纯白的心而结果反遭不少人的讥诮，竟可以说没有一个人能明白我，能看透我的，一个人遭受着不可言语的痛苦，当然地不由生出厌世之心，所以我一天天地只是藏起了我的真实的心而拿一个虚伪的心来对付这混浊的社会，也不再希望有人能真正地认识我明白我。

　　甘心愿意从此自相摧残地快快了此残生，谁知道就在那时候会遇见了你，真如同在黑暗里见着了一线光明，将死的人又兑了一口气，生命从此转了一个方向。摩摩，你明白我，真算是透彻极了，你好像是成天钻在我的心房里似的，直到现在还只有你一个人是真懂得我的。

　　我记得我每遭人辱骂的时候你老是百般地安慰我，使我不得不对你生出一种不可言喻的感觉，我老说，有你，我还怕谁骂？你也常说，只要我明白你，你的人是我一个人的，你又为什么要去顾虑别人的批评呢？所以我哪怕成天受着病魔的缠绕也再不敢有所怨恨的了。我只是对你满心的歉意，因为我们理想中的生活全被我的病魔打破，连累着你成天也过那愁闷的日子。可是两年来我从来未见你有一些怨恨，也不见你因此对我稍有冷淡之意。也难怪文伯要说，你对我的爱是 compatible and true 的了，我只怨我真是无以对你，这，我只好招之于将来了。

　　我现在不顾一切往着这满是荆棘的道路上走去，去寻一点真实的发展，你不是常怨我跟你几年没有受着一些你的诗意的熏陶么？我也实在惭愧，真是辜负你一片至诚的心了，我本来一百个放心，以为有你会永久在我身边，还怕将来没有一个成功么？谁知现在我只得独自奋斗，再不能得你一些相助了，可是我若能单独撞出一条光明的大路也不负你爱我的心了，愿你的灵魂在冥冥中给我一点勇气，让我在这生命的道路上不再感受到孤立的恐慌。

我现在很坚定地答应你从此再不张着眼睛做梦躺在床上乱讲，病魔也得最后与它决斗一下，不是它生便是我倒，我一定做一个你一向希望我所能成的一种人，我决心做人，我决心做一点认真的事业，虽然我头顶只见乌云，地下满是黑影，可是我还记得你常说"受苦的人没有悲观的权利"，一个人决不能让悲观的慢性病侵蚀人的精神，同厌世的恶质染黑人的血液。

我此后不再病（你非暗中保护不可），我只叫我的心从此麻木，不再问世界有恋情，人们有欢娱，我早打发我的心，我的灵魂去追随你的左右，像一朵水莲花拥扶着你往白云深处去缭绕，绝不回头偷看尘间的作为，留下我的躯壳同生命来奋斗到战胜的那一天。我盼你带着悠悠的乐声从一团彩云里脚踏莲花瓣来接我同去永久地方相守，过我们理想中的岁月。

一转眼，你已经离开了我一个多月了，在这段时间我也不知道是怎样过来的。朋友们跑来安慰我，我也不知道说什么好，虽然决心不生病，谁知一直到现在也没有离开过我一天。摩摩，我虽然下了天大的决心，想与你争一口气，可是叫我怎能受得了每天每时悲念你时的一阵阵心肺的绞痛，到现在有时想哭，眼泪却干得流不出一点。

要叫，喉中疼得发不出声，虽然他们成天逼我喝一碗碗的苦水，也难以补得了我心头的悲痛，怕的是我恹恹的病体再受不了那岁月的摧残，我的爱，你叫我怎样忍受没有你在我身边的孤单。你那幽默的灵魂为什么这些日子也不给我一些声响？我晚间有时也叫了他们走开，房间不让有一点声音，盼你在人静时给我一些声响，叫我知道你的灵魂是常常环绕着我，也好叫我在茫茫前途感觉到一点生趣，不然怕死也难以支撑下去了。摩！大大求你显一显灵吧，你难道真的忍心从此不再同我说一句话了么？不要这样地苛酷了吧！你看，我这孤单一人影从此怎样地去撞这艰难的世界？难道你看了不心痛么？你爱我的心还存在么？你为什么不响？大！你真的不响了么？

父与羊

李广田

父亲是一个很和善的人。爱诗，爱花，他更爱酒。住在一个小小的花园中——所谓花园却也长了不少的青菜和野草。他娱乐他自己，在寂寞里，在幽静里，在独往独来里。

一个夏日的午后，父亲又喝醉了。他醉了时，我们都不敢近前，因为他这时是颇不和善的。他歪歪斜斜地走出了花园，一手拿着一本旧书，我认得那是陶渊明诗集，另一只手里却拖了长烟斗。嘴里不知说些什么，走向旷野去了。这时恰被我瞧见，我就躲开，跑到家里去告诉母亲。母亲很担心地低声说："去，绕道去找他，躲在一边看，看他干什么？"我幽手幽脚地也走向旷野去。出得门来便是一片青丛。我就在青丛里潜行，这使我想起藏在高粱地里偷桃或偷瓜的故事。我知道父亲是要到什么地方去的，因为他从前常到那儿，那是离村子不远的一棵大树之下。树是柳树，密密地搭着青凉篷，父亲大概是要到那儿去乘凉的。我已经看见那树了。我已走近那树下了，却不见父亲的影，这使我非常焦心。因为在青丛里热得闷人，太阳是很毒的，又不透一丝风。我等着，等着，终于看见他来了，嘴里像说着什么，于是我后退几步。若被他看见了，那才没趣。

我觉得有这样一个父亲倒很可乐的，虽然他醉了时也有几分可怕，他先是把鞋脱下，脚是赤着的，就毫无顾忌地坐在树下。那树下的沙是白的，细得像面粉一样，而且一定是凉凉的，我想，坐在那里该很快乐，如果躺下来睡一会，该更舒服。

自然，那长烟斗是早已点着了，喷云吐雾的，他倒颇有些悠然的兴致。书在手里，乱翻了一阵，又放下。终于又拿起来念了，声音是听不清的，而喁喁地念着却是事实。等会，又把书放下；长烟斗已不冒烟了，就用它在细沙上画、画、画，画了多时，人家说我父亲也能作诗，我想，这也许就是在沙上写他的诗了。但不幸得很，写了半天的，一阵不高兴，就用两只大脚板儿把它抹净，要不然的话，我可以等他去后来发现一些奇迹，我已经热得满头是汗了，恨不得快到井上灌一肚子凉水。正焦急呢，父亲带着不耐烦的神气起来了，什么东西也不曾丢下，而且还粘走了一身沙土。我潜随在后边，方向是回向花园去。

父亲踉踉跄跄地走进花园，我紧走几步要跑回家去，自然是要向母亲面前去复命。刚进大门，正喊了一声"娘"，糟了，花园里出了乱子，父亲在那里吵闹呢。"好畜牲，好大胆的羔子！该死的，该宰的！"父亲这样怒喊，同时又听到扑击声，又间杂着小羊的哀叫声。我马上又跑了出去，母亲也跑出来了，家里人都跟了出来，一齐跑向花园去。邻居们也都来了，都带着仓皇的面色。我们这村子总共不过十几户人家，这时候所有的人，差不多都聚拢来了。我很担心，唯恐他们疑惑是我们家里闹事，更怕他们疑惑是父亲打了母亲，因为父亲醉了时曾经这样闹过。门口颇形拥挤了，大家都目瞪口呆，有些人在说在笑。父亲已躲到屋里去休息，他一定是十分疲乏了。花园里弄得天翻地覆，篱笆倒了，芸豆花洒了满地，荷花撕得粉碎，几条红鱼在淤泥里摆尾，真个落红遍地，青翠缤纷，花呀，菜呀，都踏成一片绿锦。陶渊明诗集，长的烟斗，都睡在道旁。在墙角落里，躺着一只被打死了的小羊，旁边放着一条木棒，那是篱笆上的柱子。大家都不敢到父亲屋里去，有的说，"羊羔儿踢了花呀。"有的说，"醉了。"又有人说，"他老先生又发疯啦。"其中有一个衣服褴褛的邻人，他大概刚才跑来吧，气喘喘地，走到死羊近前，看了一下，说："天哪！这不是俺那只可怜的小羊吗！"原来父亲出去时，不曾把园门闭起；不料那只小羊游荡进来，以至于丧了生命。我觉得恐怖而悲哀。

明晨，父亲已完全清醒了，对于昨天的事，他十分抱愧。他很想再看看那只被打死的小羊，但那可怜的邻人已于昨夜把它埋葬了。父亲吸着他的长烟斗，沉重地长叹一口气，"我要赔偿那位邻人的损失。"虽然那位邻人不肯接受我们的赔偿，但父亲终于实践了前言。然后，他又亲手整理他的花园——这工作他不喜人帮助——就好像不曾发生过什么事一样的坦然。多少平和的日子或霖雨的日子过了，父亲的花园又灿烂如初。

直到现在，父亲依然住在那花园里，而且依然过着那样的生活：快乐、闲静，有如一个隐士。但人是有点衰老了，有些事，便不能不需要别人的扶助。

四季是时间的礼物，
这个世界美好至极

　　春有百花秋有月，夏有凉风冬有雪。你看，
这个世界美好至极。总有一天你会明白，能治愈你
的，从来都不是时间，而是心里的那股释怀和淡然，
时间从来不语，却回答了所有的问题。

春的林野

许地山

春光在万山环抱里，更是泄漏得迟。那里的桃花还是开着；漫游的薄云从这峰飞过那峰，有时稍停一会，为的是挡住太阳，教地面的花草在它的荫下避避光的威吓。

岩下的荫处和山溪的旁边满长了薇蕨和其它凤尾草。红，黄、蓝、紫的小草花点缀在绿茵上头。

天中的云雀，林中的金莺，都鼓起它们的舌簧。轻风把它们的声音挤成一片，分送给山中各样有耳无耳的生物。桃花听得入神，禁不住落了几点粉泪，一片一片凝在地上。小草花听得大醉，也和着声音的节拍一会倒，一会起，没有镇定的时候。

林下一班孩子正在那里捡桃花的落瓣哪。他们捡着，清儿忽嚷起来，道："嘎，邕邕来了！"众孩子住了手，都向桃林的尽头盼望。果然邕邕也在那里摘草花。

清儿道："我们今天可要试试阿桐的本领了。若是他能办得到，我们都把花瓣穿成一串缨珞围在他身上，封他为大哥如何？"

众人都答应了。

阿桐走到邕邕面前，道："我们正等着你来呢。"

阿桐的左手盘在邕邕的脖上，一面走一面说："今天他们要替你办嫁妆，教你做我的妻子。你能做我的妻子么？"

邕邕狠视了阿桐一下，回头用手推开他，不许他的手再搭在自己脖上。孩子们都笑得支持不住了。

众孩子嚷道："我们见过邕邕用手推人了！阿桐赢了！"

邕邕从来不会拒绝人，阿桐怎能知道一说那话，就能使她动手呢？是春光的荡漾，把他这种心思泛出来呢？或者，天地之心就是这样呢？

你且看，漫游的薄云还是从这峰飞过那峰。

你且听：云雀和金莺的歌声还布满了空中和林中。在这万山环抱的桃林中，除那班爱闹的孩子以外，万物把春光领略得心眼都迷蒙了。

西湖春游

丰子恺

我住在上海，离开杭州西湖很近，火车五六小时可到，每天火车有好几班。因此，我每年有游西湖的机会，而时间大都是春天。因为春天是西湖最美丽的季节。我很小的时候在家乡从乳母口中听到西湖的赞美歌："西湖景致六条桥，间株杨柳间株桃。……"就觉得神往。长大后曾经在西湖旁边求学，在西湖上作客，经过数十寒暑，觉得西湖上的春天真正可爱，无怪远离西湖的穷乡僻壤的人都会唱西湖的赞美歌了。

然而西湖的最美丽的姿态，直到解放之后方才充分地表现出来。解放后每年春天到西湖，觉得它一年美丽一年，一年漂亮一年，一年可爱一年。到了解放第九年的春天，就是现在，它一定长得十分美丽，十分漂亮，十分可爱。可惜我刚从病院出来，不能随众人到西湖去游春；但在这里和读者作笔谈，亦是"画饼充饥"，聊胜于无。

西湖的最美丽的姿态，为什么直到解放之后才充分表现出来呢？这是因为旧时代的西湖，只能看表面（山水风景），不能想内容（人事社会）。换言之，旧时代西湖的美只是形式美丽，而内容是丑恶不堪设想的。

譬如说，你悠闲地坐在西湖船里，远望湖边楼台亭阁，或者精巧玲珑，或者金碧辉煌，掩映出没于杨柳桃花之中，青山绿水之间。这光景多么美丽，真好比"海上仙山"！然而你只能用眼睛来看，却切不可用嘴巴来问，或者用头脑来想。你倘使问船老大"这是什么建筑？""这是谁的别庄？"因而想起了它们的主人，那么你一定大感不快，你一定会叹气或愤怒，你眼前的"美"不但完全消失，竟变成了"丑"！因为这些楼台亭阁的所有者，不是军阀，就是财阀；建造这些楼台亭阁的钱，不是贪污来的，便是敲诈来的，剥削来的！于是你坐在船里远远地望去，就会隐约地看见这些楼台亭阁上都有血迹！隐约地听见这些楼台亭阁上都有被压迫者的呻吟声——这真是大杀风景！这样的西湖有什么美？这样的西湖不值得游！西湖游春，谁能仅用眼睛看看而完全不想呢？

旧时代的好人真可怜！他们为了要欣赏西湖的美，只得勉强屏除一切思想，而仅看西湖的表面，仿佛麻醉了自己，聊以满足自己的美欲。记得古人有诗句云："小亭闲可坐，不必问谁家。"我初读这诗句时，认为这位诗人过于浪漫疏狂。后来仔细想想，觉得他也许怀着一片苦心：如果问起这小亭是谁家的，说不定这主人是个坏蛋，因而引起诗人的恶感，不屑坐他的亭子。旧时代的人欣赏西湖，就用这诗人的办法，不问谁家，但享美景。我小时候的音乐老师李叔同先生曾经为西湖作一首歌曲。且不说音乐，光就歌词而论，描写得真是美丽动人！让我抄录些在这里：

　　　　看明湖一碧，六桥锁烟水。

　　　　塔影参差，有画船自来去。

垂杨柳两行，绿染长堤。

飏晴风，又笛韵悠扬起。

看青山四围，高峰南北齐。

山色自空濛，有竹木媚幽姿。

探古洞烟霞，翠扑须眉。

霭暮雨，又钟声林外起。

大好湖山如此，独擅天然美。

明湖碧，又青山绿作堆。

漾晴光潋滟，带雨色幽奇。

靓妆比西子，尽浓淡总相宜。

　　这歌曲全部，刊载在最近出版的《李叔同歌曲集》中。我小时候求学于杭州西湖边的师范学校时，曾经在李先生亲自指挥之下唱这歌曲的高音部（这歌曲是四部合唱）。当时我年幼无知，只觉得这歌词描写西湖景致，曲尽其美，唱起来比看图画更美，比实地游玩更美。

　　现在重唱一遍，回味一下，才感到前人的一片苦心：李先生在这长长的歌曲中，几乎全部是描写风景，绝不提及人事。因为那时候西湖上盘踞着许多贪官污吏，市侩流氓；风景最好的地位都被这些人的私人公馆、别庄所占据。所以倘使提及人事，这西湖的美景势必完全消失，而变成种种丑恶的印象。所以李先生作这歌词的时候，掩住了耳朵，停止了思索，而单用眼睛来观看，仅仅描写眼睛所看见的部分。这样，六桥烟水、塔影垂杨、竹木幽姿、古洞烟霞、晴光雨色，就形成一种美丽的姿态，好比靓妆的西施活美人了。这仿佛是自己麻醉，自己欺骗。采用这种办法，虽然是李先生的一片苦心，但在今天看来，实在是不足为训的！

然而李先生在这歌曲中，不能说绝不提及人事。其中有两处不免与人事有关：即"有画船自来去""笛韵悠扬起"。坐在这画船里面的是何等样人？吹出这悠扬的笛声的是何等样人？这不可穷究了。李先生只能主观地假定坐在画船里的是一群同他一样风流潇洒的艺术家，吹笛的是同他一样知音善感的音乐家；或者坐在画船里的是一群天真烂漫的游客，吹笛的是一位冰清玉洁的美人。这样，才可以符合主观的意旨，才可以增加西湖的美丽。然而说起画船和笛，在我回忆中的印象很不好。记得有一次我和几个朋友买舟游湖。天朗气清，山明水秀，心情十分舒适。忽然邻近的一只船上吹起笛来，声音悠扬悦耳，使得我们满船的人都停止了说话而倾听笛韵。后来这只船载着笛声远去，消失在烟波云水之间了。我们都不胜惋惜。船老大告诉我们：这船里载着的是上海来的某阔少和本地的某闻人，他们都会弄丝弦，都会唱戏，他们天天在湖上游玩……原来这些阔少和闻人，都是我们所"久闻大名"的。我听到这些人的"大名"，觉得眼前这"独擅天然美"的"大好湖山"忽然减色；而那笛声忽然难听起来，丑恶起来，终于变成了恶魔的啸嗷声。这笛声亵渎了这"大好湖山"，污辱了我的耳朵！我用手撩起些西湖水来洗一洗我的耳朵。——这是我回忆旧时代西湖上的"画船"和"笛韵"时所得的印象。

我疏忽了，李先生的西湖歌中涉及人事的，不止上述两处，还有一处呢，即"又钟声林外起"。打钟的是谁？在李先生的主观中大约是一位大慈大悲、大智大慧的高僧，或者面壁十年的苦行头陀，或者三戒具足的比丘。然而事实上恐怕不见得如此。在那时候，上述的那些高僧、头陀和比丘极少住在西湖上的寺院里。撞钟的可能是以做和尚为业的和尚，或者是公然不守清规的和尚。

李先生作那首西湖歌时，这些人事社会的内情是不想的，是不敢想的。因为一想就破坏西湖风景的美，一想就杀风景。李先生只得屏绝了思索和分辨，而仅用眼睛来看；不谈西湖的内容情状，而仅仅赞美西湖的表面形式。我同情李先生的苦心。我想，如果李先生迟生三十年，能够躬逢解放后的新时代，能够看到人民的西湖，那么他所作的西湖歌一定还要动人得多！

在这里我不免要讲几句题外的话：我记得资本主义社会的美学中，有一个术语叫做"绝缘"，英文是 isolation。所谓绝缘，就是说看到一个物象的时候，断绝了这物象对外界（人事社会）的一切关系，而孤零零地欣赏这物象本身的姿态（形状色彩）。他们认为"美感"是由于"绝缘"而发生的。他们认为：看见一个物象时，倘使想起这物象的内容意义，想起这物象对人类社会的关系、作用和意义，就看不清楚物象本身的姿态，就看不到物象的"美"。必须完全不想物象对人类社会的关系、作用和意义，而仅用视觉来欣赏它的形状和色彩，这才能够从物象获得"美感"。——这种美学学说的由来，现在我明白了：只因为在旧社会中，追究起事物的内容意义来，大都是卑鄙龌龊、不堪闻问的，因此有些御用的学者就造出这种学说来，教人屏绝思索，不论好坏，不分皂白，一味欣赏事物的外表，聊以满足美欲，这实在是可笑、可怜的美学！

闲话少说，言归本题。旧时代的西湖春游，还有一种更切身的苦痛呢。上述那种苦痛还可以用主观强调、自己麻醉等方法来暂时避免，而另有一种苦痛则直接袭击过来，使你身心不安，伤情扫兴，游兴大打折扣。这便是西湖上的社会秩序的混乱。游西湖的主要交通工具是游船，即杭州人所谓"划子"。这种划子一向入诗、入词、入画，真是风雅不过的东西；从红尘万丈的都市里来的人，坐在这种划子里荡漾湖中，真有"春水船如天上坐"的胜概。于是划划子的人就奇货可居，即杭州人所谓"刨黄瓜儿"。你要坐划子游西湖，先得鼓起勇气来，同划划子的人作一场斗争，然后怀着余怒坐到划子里去"欣赏"西湖景致。划划子的人本来都是清白的劳动者，但因受当时环境的压迫和恶劣作风的影响，一时不得不如此以求生存了。上船之后，照例是在各名胜古迹地点停船：平湖秋月、中山公园、西泠印社、岳坟、三潭印月、雷峰夕照、刘庄、汪庄……这些名胜古迹的确是环肥燕瘦，各有其美，然而往往不能畅游，不能放心地欣赏。因为这些地方的管理者都特别"客气"，一看到游客，立刻端出茶盘来；倘使看到派头阔绰的游客，就端出果盒来。这种"盛情"，最初领受一二，也还可以；然而再而三，三而四，甚至而五、而六、而七……游客便受宠若惊，看见茶盘连忙逃走，不管后面传来奚落的、讥讽的叫声。若是陪迎的游客了，便是最倒霉的游客了。

游西湖要会斗争，会逃走——这是我数十年来的"宝贵"经验。直到最近几年，解放后几年，这"宝贵"经验忽然失却了效用。

解放后有一年我到杭州，突然觉得西湖有些异样：湖滨栏杆旁边那些馋涎欲滴的划子手忽然不见了，讨价还价的斗争也没有了，只看见秩序井然的买票处和和颜悦色的舟子。名胜古迹中逐客的茶盘也不见了，到处明山秀水，任你逍遥盘桓。这一次我才十足地享受了西湖春游的快美之感！

"西子蒙不洁，则人皆掩鼻而过之。"解放前数十年间，我每逢游湖，就想起这两句话。路过湖滨的船埠头时，那种乌烟瘴气竟可使人"掩鼻"。解放之后，这西子"斋戒沐浴"过了。"大好湖山如此"，不但"独擅天然美"，又独擅"人事美"，真可谓尽善尽美了！写到这里，我的心已经飞驰到六桥三竺之间，神游于山明水秀、桃红柳绿之乡，不能再写下去了。

扬州的夏日

朱自清

扬州从隋炀帝以来，是诗人文士所称道的地方；称道的多了，称道得久了，一般人便也随声附和起来。直到现在，你若向人提起扬州这个名字，他会点头或摇头说：好地方！好地方！特别是没去过扬州而念过些唐诗的人，在他心里，扬州真像蜃楼海市一般美丽；他若念过《扬州画舫录》一类书，那更了不得了。但在一个久住扬州像我的人，他却没有那么多美丽的幻想，他的憎恶也许掩住了他的爱好；他也许离开了三四年并不去想它。若是想呢，——你说他想什么？女人；不错，这似乎也有名，但怕不是现在的女人吧？——他也只会想着扬州的夏日，虽然与女人仍然不无关系的。

北方和南方一个大不同，在我看，就是北方无水而南方有。诚然，北方今年大雨，永定河，大清河甚至决了堤防，但这并不能算是有水；北平的三海和颐和园虽然有点儿水，但太平衍了，一览而尽，船又那么笨头笨脑的。有水的仍然是南方。扬州的夏日，好处大半便在水上——有人称为瘦西湖，这个名字真是太瘦了，假西湖之名以行，雅得这样俗，老实说，我是不喜欢的。下船的地方便是护城河，曼衍开去，曲曲折折，直到平山堂，——这是你们熟悉的名字——有七八里河道，还有许多权权桠桠的支流。这条河其实也没有顶大的好处，只是曲折而有些幽静，和别处不同。

沿河最著名的风景是小金山，法海寺，五亭桥；最远的便是平山堂了。金山你们是知道的，小金山却在水中央。在那里望水最好，看月自然也不错——可是我还不曾有过那样福气。下河的人十之九是到这儿的，人不免太多些。法海寺有一个塔，和北海的一样，据说是乾隆皇帝下江南，盐商们连夜督促匠人造成的。法海寺著名的自然是这个塔；但还有一桩，你们猜不着，是红烧猪头。夏天吃红烧猪头，在理论上也许不甚相宜；可是在实际上，挥汗吃着，倒也不坏的。五亭桥如名字所示，是五个亭子的桥。桥是拱形，中一亭最高，两边四亭，参差相称；最宜远看，或看影子，也好。桥洞颇多，乘小船穿来穿去，另有风味。平山堂在蜀冈上。登堂可见江南诸山淡淡的轮廓；山色有无中，一句话，我看是恰到好处，并不算错。这里游人较少，闲坐在堂上，可以咏日。沿路光景，也以闲寂胜。从天宁门或北门下船。蜿蜒的城墙，在水里倒映着苍黝的影子，小船悠然地撑过去，岸上的喧扰像没有似的。

船有三种：大船专供宴游之用，可以挟妓或打牌。小时候常跟了父亲去，在船里听着谋得利洋行的唱片。现在这样乘船的大概少了吧？其次是小划子像一瓣西瓜，由一个男人或女人用竹篙撑着。乘的人多了，便可雇两只，前后用小凳子跨着：这也可算得方舟了。后来又有一种洋划，比大船小，比小划子大，上支布篷，可以遮日遮雨。洋划渐渐地多，大船渐渐地少，然而小划子总是有人要的。这不独因为价钱最贱，也因为它的伶俐。一个人坐在船中，让一个人站在船尾上用竹篙一下一下地撑着，简直是一首唐诗，或一幅山水画。而有些好事的少年，愿意自己撑船，也非小划子不行。小划子虽然便宜，却也有些分别。譬如说，你们也可想到的，女人撑船总要贵些；姑娘撑的自然更要贵啰。这些撑船的女子，便是有人说过的瘦西湖上的船娘。船娘们的故事大概不少，但我不很知道。据说以乱头粗服，风趣天然为胜；中年而有风趣，也仍然算好。可是起初原是逢场作戏，或尚不伤廉惠；以后居然有了价格，便觉意味索然了。

北门外一带，叫做下街，茶馆最多，往往一面临河。船行过时，茶客与乘客可以随便招呼说话。船上人若高兴时，也可以向茶馆中要一壶茶，或一两种小笼点心，在河中喝着，吃着，谈着。回来时再将茶壶和所谓小笼，连价款一并交给茶馆中人。撑船的都与茶馆相熟，他们不怕你白吃。扬州的小笼点心实在不错：我离开扬州，也走过七八处大大小小的地方，还没有吃过那样好的点心；这其实是值得惦记的。茶馆的地方大致总好，名字也颇有好的。如香影廊，绿杨村，红叶山庄，都是到现在还记得的。绿杨村的幌子，挂在绿杨树上，随风飘展，使人想起绿杨城郭是扬州的名句。里面还有小池，丛竹，茅亭，景物最幽。这一带的茶馆布置都历落有致，迥非上海，北平方方正正的茶楼可比。

下河总是下午。傍晚回来，在暮霭朦胧中上了岸，将大褂折好搭在腕上，一手微微摇着扇子；这样进了北门或天宁门走回家中。这时候可以念又得浮生半日闲那一句诗了。

荷塘月色

朱自清

　　这几天心里颇不宁静。今晚在院子里坐着乘凉，忽然想起日日走过的荷塘，在这满月的光里，总该另有一番样子吧。月亮渐渐地升高了，墙外马路上孩子们的欢笑，已经听不见了；妻在屋里拍着闰儿，迷迷糊糊地哼着眠歌。我悄悄地披了大衫，带上门出去。

　　沿着荷塘，是一条曲折的小煤屑路。这是一条幽僻的路；白天也少人走，夜晚更加寂寞。荷塘四面，长着许多树，蓊蓊郁郁的。路的一旁，是些杨柳，和一些不知道名字的树。没有月光的晚上，这路上阴森森的，有些怕人。今晚却很好，虽然月光也还是淡淡的。

　　路上只我一个人，背着手踱着。这一片天地好像是我的；我也像超出了平常的自己，到了另一个世界里。我爱热闹，也爱冷静；爱群居，也爱独处。像今晚上，一个人在这苍茫的月下，什么都可以想，什么都可以不想，便觉是个自由的人。白天里一定要做的事，一定要说的话，现在都可不理。这是独处的妙处，我且受用这无边的荷香月色好了。

　　曲曲折折的荷塘上面，弥望的是田田的叶子。叶子出水很高，像亭亭的舞女的裙。层层的叶子中间，零星地点缀着些白花，有袅娜地开着的，有羞涩地打着朵儿的；正如一粒粒的明珠，又如碧天里的星星，又如刚出浴的美人。微风过处，送来缕缕清香，仿佛远处高楼上渺茫的歌声似的。这时候叶子与花也有一丝的颤动，像闪电般，霎时传过荷塘的那边去了。叶子本是肩并肩密密地挨着，这便宛然有了一道凝碧的波痕。叶子底下是脉脉的流水，遮住了，不能见一些颜色；而叶子却更见风致了。

月光如流水一般，静静地泻在这一片叶子和花上。薄薄的青雾浮起在荷塘里。叶子和花仿佛在牛乳中洗过一样；又像笼着轻纱的梦。虽然是满月，天上却有一层淡淡的云，所以不能朗照；但我以为这恰是到了好处——酣眠固不可少，小睡也别有风味的。月光是隔了树照过来的，高处丛生的灌木，落下参差的斑驳的黑影，峭楞楞如鬼一般；弯弯的杨柳的稀疏的倩影，却又像是画在荷叶上。塘中的月色并不均匀；但光与影有着和谐的旋律，如梵婀玲上奏着的名曲。

荷塘的四面，远远近近，高高低低都是树，而杨柳最多。这些树将一片荷塘重重围住；只在小路一旁，漏着几段空隙，像是特为月光留下的。树色一例是阴阴的，乍看像一团烟雾；但杨柳的丰姿，便在烟雾里也辨得出。树梢上隐隐约约的是一带远山，只有些大意罢了。树缝里也漏着一两点路灯光，没精打采的，是渴睡人的眼。这时候最热闹的，要数树上的蝉声与水里的蛙声；但热闹是它们的，我什么也没有。

忽然想起采莲的事情来了。采莲是江南的旧俗，似乎很早就有，而六朝时为盛；从诗歌里可以约略知道。采莲的是少年的女子，她们是荡着小船，唱着艳歌去的。采莲人不用说很多，还有看采莲的人。那是一个热闹的季节，也是一个风流的季节。梁元帝《采莲赋》

里说得好：

> 于是妖童媛女，荡舟心许；鹢首徐回，兼传羽杯；櫂将移
> 而藻挂，船欲动而萍开。尔其纤腰束素，迁延顾步；夏始春余，
> 叶嫩花初，恐沾裳而浅笑，畏倾船而敛裾。

可见当时嬉游的光景了。这真是有趣的事，可惜我们现在早已
无福消受了。

于是又记起，《西洲曲》里的句子：

> 采莲南塘秋，莲花过人头；低头弄莲子，莲子清如水。

今晚若有采莲人，这儿的莲花也算得"过人头"了；只不见一
些流水的影子，是不行的。这令我到底惦着江南了。——这样想着，
猛一抬头，不觉已是自己的门前；轻轻地推门进去，什么声息也没
有，妻已睡熟好久了。

故都的秋

郁达夫

秋天，无论在什么地方的秋天，总是好的；可是啊，北国的秋，却特别地来得清，来得静，来得悲凉。我的不远千里，要从杭州赶上青岛，更要从青岛赶上北平来的理由，也不过想饱尝一尝这"秋"，这故都的秋味。

江南，秋当然也是有的，但草木凋得慢，空气来得润，天的颜色显得淡，并且又时常多雨而少风；一个人夹在苏州上海杭州，或厦门香港广州的市民中间，浑浑沌沌地过去，只能感到一点点清凉，秋的味，秋的色，秋的意境与姿态，总看不饱，尝不透，赏玩不到十足。秋并不是名花，也并不是美酒，那一种半开、半醉的状态，在领略秋的过程上，是不合适的。

不逢北国之秋，已将近十余年了。在南方每年到了秋天，总要想起陶然亭的芦花，钓鱼台的柳影，西山的虫唱，玉泉的夜月，潭柘寺的钟声。在北平即使不出门去吧，就是在皇城人海之中，租人家一椽破屋来住着，早晨起来，泡一碗浓茶，向院子一坐，你也能看得到很高很高的碧绿的天色，听得到青天下驯鸽的飞声。从槐树叶底，朝东细数着一丝一丝漏下来的日光，或在破壁腰中，静对着像喇叭似的牵牛花（朝荣）的蓝朵，自然而然地也能够感觉到十分的秋意。说到了牵牛花，我以为以蓝色或白色者为佳，紫黑色次之，淡红色最下。最好，还要在牵牛花底，叫长着几根疏疏落落的尖细且长的秋草，使作陪衬。

北国的槐树，也是一种能使人联想起秋来的点缀。像花而又不是花的那一种落蕊，早晨起来，会铺得满地。脚踏上去，声音也没有，气味也没有，只能感出一点点极微细极柔软的触觉。扫街的在树影下一阵扫后，灰土上留下来的一条条扫帚的丝纹，看起来既觉得细腻，又觉得清闲，潜意识下并且还觉得有点儿落寞，古人所说的梧桐一叶而天下知秋的遥想，大约也就在这些深沉的地方。

秋蝉的衰弱的残声，更是北国的特产，因为北平处处全长着树，屋子又低，所以无论在什么地方，都听得见它们的啼唱。在南方是非要上郊外或山上去才听得到的。这秋蝉的嘶叫，在北方可和蟋蟀耗子一样，简直像是家家户户都养在家里的家虫。

还有秋雨哩，北方的秋雨，也似乎比南方的下得奇，下得有味，下得更像样。

在灰沉沉的天底下，忽而来一阵凉风，便息列索落地下起雨来了。一层雨过，云渐渐地卷向了西去，天又晴了，太阳又露出脸来了，着着很厚的青布单衣或夹袄的都市闲人，咬着烟管，在雨后的斜桥影里，上桥头树底下去一立，遇见熟人，便会用了缓慢悠闲的声调，微叹着互答着地说：

"唉，天可真凉了——"（这了字念得很高，拖得很长。）

"可不是吗？一层秋雨一层凉了！"

北方人念阵字，总老像是层字，平平仄仄起来，这念错的歧韵，倒来得正好。

北方的果树，到秋天，也是一种奇景。第一是枣子树，屋角，墙头，茅房边上，灶房门口，它都会一株株地长大起来。像橄榄又像鸽蛋似的这枣子颗儿，在小椭圆形的细叶中间，显出淡绿微黄的颜色的时候，正是秋的全盛时期，等枣树叶落，枣子红完，西北风就要起来了，北方便是沙尘灰土的世界，只有这枣子、柿子、葡萄，成熟到八九分的七八月之交，是北国的清秋的佳日，是一年之中最好也没有的 Golden Days。

有些批评家说，中国的文人学士，尤其是诗人，都带着很浓厚的颓废的色彩，所以中国的诗文里，赞颂秋的文字的特别的多。但外国的诗人，又何尝不然？我虽则外国诗文念的不多，也不想开出账来，做一篇秋的诗歌散文钞，但你若去一翻英德法意等诗人的集子，或各国的诗文的 Anthology 来，总能够看到许多关于秋的歌颂与悲啼。各著名的大诗人的长篇田园诗或四季诗里，也总以关于秋的部分，写得最出色而最有味。足见有感觉的动物，有情趣的人类，对于秋，总是一样地特别能引起深沉，幽远、严厉、萧索的感触来的。不单是诗人，就是被关闭在牢狱里的囚犯，到了秋天，我想也一定能感到一种不能自已的深情，秋之于人，何尝有国别，更何尝有人种阶级的区别呢？不过在中国，文字里有一个"秋士"的成语，读本里又有着很普遍的欧阳子的《秋声》与苏东坡的《赤壁赋》等，就觉得中国的文人，与秋的关系特别深了，可是这秋的深味，尤其是中国的秋的深味，非要在北方，才感受得到底。

南国之秋，当然也是有它的特异的地方的，比如廿四桥的明月，钱塘江的秋潮，普陀山的凉雾，荔枝湾的残荷等等，可是色彩不浓，回味不永。比起北国的秋来，正像是黄酒之与白干，稀饭之与馍馍，鲈鱼之与大蟹，黄犬之与骆驼。

秋天，这北国的秋天，若留得住的话，我愿把寿命的三分之二折去，换得一个三分之一的零头。

香山红叶

杨朔

早听说香山红叶是北京最浓最浓的秋色，能去看看，自然乐意。我去的那日，天也作美，明净高爽，好得不能再好了；人也凑巧，居然找到一位老向导。这位老向导就住在西山脚下，早年做过四十年的向导，胡子都白了，还是腰板挺直，硬朗得很。

我们先邀老向导到一家乡村小饭馆里吃饭。几盘野味，半杯麦酒，老人家的话来了，慢言慢语说："香山这地方也没别的好处，就是高，一进山门，门坎跟玉泉山顶一样平。地势一高，气也清爽，人才爱来。春天人来踏青，夏天来消夏，到秋天——"一位同游的朋友急着问："不知山上的红叶红了没有？"

老向导说："还不是正时候。南面一带向阳，也该先有红的了。"

于是用完酒饭，我们请老向导领我们顺着南坡上山。好清静的去处啊。沿着石砌的山路，两旁满是古松古柏，遮天蔽日的，听说三伏天走在树荫里，也不见汗。

老向导交叠着两手搭在肚皮上，不紧不慢走在前面，总是那么慢言慢语说："原先这地方什么也没有，后面是一片荒山，只有一家财主雇了个做活的给他种地、养猪。猪食倒在一个破石槽里，可是倒进去一点食，猪怎么吃也吃不完。那做活的觉得有点怪，放进石槽里几个铜钱，钱也拿不完，就知道这是个聚宝盆了。到算工账的时候，做活的什么也不要，单要这个石槽。一个破石槽能值几个钱？财主乐得送个人情，就给了他。石槽太重，做活的扛到山里，就扛不动了，便挖个坑埋好，怕忘了地点，又拿一棵松树和一棵柏树插在上面做记号，自己回家去找人帮着抬。谁知返回来一看，满山都是松柏树，数也数不清。"谈到这儿，老人又慨叹说："这真是座活山啊。有山就有水，有水就有脉，有脉就有苗，难怪人家说下面埋着聚宝盆。"

这当儿，老向导早带我们走进一座挺幽雅的院子，里边有两眼泉水。石壁上刻着"双清"两个字。老人围着泉水转了转说："我有十年不上山了，怎么有块碑不见了？我记得碑上刻的是'梦赶泉'。"接着又告诉我们一个故事，说是元朝有个皇帝来游山，倦了，睡在这儿，梦见身子坐在船上，脚下翻着波浪，醒来叫人一挖脚下，果然冒出股泉水，这就是"梦赶泉"的来历。

老向导又笑笑说："这都是些乡村野话，我怎么听来的，怎么说，你们也不必信。"

听着这个白胡子老人絮絮叨叨谈些离奇的传说，你会觉得香山更富有迷人的神话色彩。我们不会那么煞风景，偏要说不信。只是一路上山，怎么连一片红叶也看不见？

老人说："你先别急，一上半山亭，什么都看见了。"

我们上了半山亭，朝东一望，真是一片好景。茫茫苍苍的河北大平原就摆在眼前，烟树深处，正藏着我们的北京城。也妙，本来也算有点气魄的昆明湖，看起来只像一盆清水。万寿山、佛香阁，不过是些点缀的盆景。我们都忘了看红叶。红叶就在高头山坡上，满眼都是，半黄半红的，倒还有意思。可惜叶子伤了水，红的又不透。要是红透了，太阳一照，那颜色该有多浓。

我望着红叶，问："这是什么树？怎么不大像枫叶？"

老向导说："本来不是枫叶嘛。这叫红树。"就指着路边的树，说："你看看，就是那种树。"

路边的红树叶子还没红，所以我们都没注意。我走过去摘下一片，叶子是圆的，只有叶脉上微微透出点红意。

我不觉叫："哎呀！还香呢。"把叶子送到鼻子上闻了闻，那叶子发出一股轻微的药香。

另一位同伴也嗅了嗅，叫："哎呀！是香。怪不得叫香山。"

老向导也慢慢说："真是香呢。我怎么做了四十年向导，早先就没闻见过？"

我的老大爷，我不十分清楚你过去的身世，但是从你脸上密密的纹路里，猜得出你是个久经风霜的人。你的心过去是苦的，你怎么能闻到红叶的香味？我也不十分清楚你今天的生活，可是你看，这么大年纪的一个老人，爬起山来不急，也不喘，好像不快，我们可总是落在后边，跟不上。有这样轻松脚步的老年人，心情也该是轻松的，还能不闻见红叶香？

老向导就在满山的红叶香里，领着我们看了"森玉笏"、"西山晴雪"、昭庙，还有别的香山风景。下山的时候，将近黄昏。一仰脸望见东边天上现出半轮上弦的白月亮，一位同伴忽然记起来，说："今天是不是重阳？"一翻身边带的报纸，原来是重阳的第二日。我们这一次秋游，倒应了重九登高的旧俗。

也有人觉得没看见一片好红叶，未免美中不足。我却摘到一片更可贵的红叶，藏到我心里去。这不是一般的红叶，这是一片曾在人生中经过风吹雨打的红叶，越到老秋，越红得可爱。不用说，我指的是那位老向导。

济南的冬天

老舍

对于一个在北平住惯的人，像我，冬天要是不刮风，便觉得是奇迹；济南的冬天是没有风声的。对于一个刚由伦敦回来的人，像我，冬天要能看得见日光，便觉得是怪事；济南的冬天是响晴的。自然，在热带的地方，日光是永远那么毒，响亮的天气，反有点叫人害怕。可是，在北中国的冬天，而能有温晴的天气，济南真得算个宝地。

设若单单是有阳光，那也算不了出奇。请闭上眼睛想：一个老城，有山有水，全在天底下晒着阳光，暖和安适地睡着，只等春风来把它们唤醒，这是不是个理想的境界？

小山整把济南围了个圈儿，只有北边缺着点口儿。这一圈小山在冬天特别可爱，好像是把济南放在一个小摇篮里，它们全安静不动地低声地说："你们放心吧，这儿准保暖和。"真的，济南的人们在冬天是面上含笑的。他们一看那些小山，心中便觉得有了着落，有了依靠。他们由天上看到山上，便不知不觉地想起："明天也许就是春天了吧？这样的温暖，今天夜里山草也许就绿起来了吧？"就是这点幻想不能一时实现，他们也并不着急，因为有这样慈善的冬天,干啥还希望别的呢!

　　最妙的是下点小雪呀。看吧,山上的矮松越发的青黑,树尖上顶着一髻儿白花,好像日本看护妇。山尖全白了,给蓝天镶上一道银边。山坡上,有的地方雪厚点,有的地方草色还露着,这样,一道儿白,一道儿暗黄,给山们穿上一件带水纹的花衣;看着看着,这件花衣好像被风儿吹动,叫你希望看见一点更美的山的肌肤。等到快日落的时候,微黄的阳光斜射在山腰上,那点薄雪好像忽然害了羞,微微露出点粉色。就是下小雪吧,济南是受不住大雪的,那些小山太秀气!

　　古老的济南,城里那么狭窄,城外又那么宽敞,山坡上卧着些小村庄,小村庄的房顶上卧着点雪,对,这是张小水墨画,也许是唐代的名手画的吧。

　　那水呢,不但不结冰,倒反在绿萍上冒着点热气,水藻真绿,把终年贮蓄的绿色全拿出来了。天儿越晴,水藻越绿,就凭这些绿的精神,水也不忍得冻上,况且那些长枝的垂柳还要在水里照个影儿呢!看吧,由澄清的河水慢慢往上看吧,空中,半空中,天上,自上而下全是那么清亮,那么蓝汪汪的,整个的是块空灵的蓝水晶。这块水晶里,包着红屋顶,黄草山,像地毯上的小团花的灰色树影。这就是冬天的济南。

断桥残雪

张恨水

断桥残雪，为西湖十景之一。民国四年春，赴杭，出涌金门，首遇此景。桥为石板堆叠，微拱。拱处直立一碑亭，若火柴盒，殊别致。时无雪，桥亦完好不断。址在苏堤之首，翠柳垂垂夹峙两端。瞰其下，水碧于油，远望则湖山环抱，渐入佳境。景至娇媚，毫无荒寒萧瑟之态。名固嫌不称矣。民十九年冬，与友郝耕仁、张盖游湖。郝老革命党，酒狂，亦诗雄也。举伞健步，沿湖滨行。环顾湖上溟濛烟水曰："愿得大雪，与子同过断桥。"予亦微笑。及至，桥改观矣。撤石板，易以水泥路面，无亭，敞然与马路一色。柳碍车马，亦多砍除。遥闻雷声隆隆，旗下至岳庙之公共汽车，蠕蠕而来。郝大怒，狂咒市政官为伧父。民二十四年冬，复偕内子游湖，彼固烂熟《白蛇传》者，亦亟欲至雷峰塔与断桥。乘车过苏堤矣，问断桥过乎？予摇指身后马路是，彼大失望。谓尝观画图，实不如是，画家欺人乎？予笑曰："予友先卿数年慨叹之矣。"因告其故。彼曰："富贵人执政，固不知萧疏中亦有美态也。"予是其言。

居寒谷，门外亦有断桥，予屡言之矣。前年，川东得雪，朝起启户，山断续罩白纱，涵溪岸上，菜圃悉为雪掩，竹枝堆白绣球花无数，曲躬向人。断桥铺白毡寸许，鸡犬过其上，一路印梅花竹叶。内子大喜，呼曰："吾家有断桥残雪矣。"予应声出，见村中两三穷汉，穿破烂短衣，片片翻乱，两手环抱胸前，赤脚踏坡上石板路，周身抖颤如农人筛糠秕，鼻中出气如云，予叹曰："此亦人子，宁知风景。"

内子曰："彼等唯计今日有红苔粥啜否耳，何暇赏鉴断桥残雪？"予笑曰："尚忆过西湖断桥所言乎？是穷人亦不知萧瑟中有美态也。"彼爽然若失。

三十四年冬十二月十五日，谷中又飞雪花，浅淡真如柳絮，飞至面前即无。断桥卧寒风湿雾中，与一丛凋零老竹，两株小枯树相对照，满山冬草黄赭色，露柏秧如点墨，景极荒寒，遥见隔溪穷媪，正俯伏圃中撒青菜，吾人遂不复思断桥上有雪。

向云端出发，
慢慢地一切都会好起来

　　向云端：那是最初的自己；山那边：那是勇
敢的自己；海里面：那是自由的自己；日落间：那
是生活的自己。照顾好自己的身体和情绪，人生就
已经赢了一大半。其余的其余，老天自有安排。

云南看云

沈从文

云南因云而得名。可是外省人到了云南一年半载后，一定会和本地人差不多，对于云南的云，除却只能从它变化上得到一点晴雨知识，就再也不会单纯的来欣赏它的美丽了。看过卢锡麟先生的摄影后，必有许多人方俨然重新觉醒，明白自己是生在云南，或住在云南。云南特点之一，就是天上的云变化得出奇。尤其是傍晚时候，云的颜色，云的形状，云的风度，实在动人。

战争给许多人一种有关生活的教育，走了许多路，过了许多桥，睡了许多床，此外还必然吃了许多想象不到的小苦头。然而真正具有教育意义的，说不定倒是明白许多地方各有各的天气，天气不同还多少影响到一点人事。云有云的地方性：中国北部的云厚重，人也同样那么厚重。南部的云活泼，人也同样那么活泼。海边的云幻异，渤海和南海云各不相同，正如两处海边的人性情不同。河南的云一片黄，抓一把下来似乎就可以作窝窝头，云粗中有细，人亦粗中有细。湖湘的云一片灰，长年挂在天空一片灰，无性格可言，然而橘子、辣子就在这种地方大量产生，在这种天气下成熟，却给湖南人增加了生命的发展和进取精神。四川的云与湖南云虽相似而不尽相同，巫峡峨嵋高峰把云分割又加浓，云有了生命，人也有了生命。

夹天耸立，论色彩丰富，青岛海面的云应当首屈一指。有时五色相煊，千变万化，天空如展开一张锦毯。有时素净纯洁，天空只见一片绿玉，别无它物。看来令人起轻快感，温柔感，音乐感，情欲感。一年中有大半年天空完全是一幅神奇的图画，有青春的嘘息，煽起人狂想和梦想。海市蜃楼即在这种天空显现，海市蜃楼虽并不常在人眼底，却永远在人心中。秦皇汉武的事业，同样结束在一个长生不死青春常在的美梦里，不是毫无道理的。云南的云给人印象大不相同，它的特点是素朴，影响到人性情也应当挚厚而单纯。

云南的云似乎是用西藏高山的冰雪，和南海长年的热风，两种原料经过一种神奇的手续完成的，色调出奇的单纯，惟其单纯反而见出伟大。尤以天时晴明的黄昏前后，光景异常动人。完全是水墨画，笔调超脱而大胆。天上一角有时黑得如一片漆，它的颜色虽然异样黑，给人感觉竟十分轻。在任何地方"乌云蔽天"照例是个沉重可怕的象征，惟有云南傍晚的黑云，越黑反而越不碍事，且表示第二天天气必然顶好。几年前中国古物运到伦敦展览时，有一个赵松雪作的卷子，名《秋江叠嶂》，净白如玉的澄心堂纸上用浓墨重重涂抹，淡墨粗粗扫拂，给人印象却十分美秀。云南的云也恰恰如此，看来只觉得黑而秀。

可是我们若在黄昏前后，到城郊外一个小丘上去，或坐船在滇池中，看到这种云彩时，低下头来一定会轻轻的叹一口气。具体一点将发生"大好河山"感想，抽象一点将发生"逝者如斯"感想。心中一定觉得有些痛苦，为一片悬在天空中的沉静黑云痛苦。因为这东西给了我们一种无言之教，比目前政论家的文章，宣传家的讲演，杂感家的讽刺文，都高明得多，深刻得多，同时还美丽得多。

觉得痛苦原因或许也就在此。那么好看的云，孕育了在这一片天底下讨生活的人，究竟是些什么？是一种精深博大的人生思想？还是一种单纯美丽的诗的感情？若把它与地面所见、所闻、所有两相对照，实在使人不能不痛苦！

在这美丽天空下，人事方面，我们每天所能看到的，除了空洞的论文，不通的演讲，小巧的杂感，此外似乎到处就只碰到"法币"。商人和银行办事人直接为法币而忙。教授学生也间接为法币而忙。最可悲的现象，实无过于大学校的商学院，每到注册上课时，照例人数必最多。这些人其所以习经济、习会计，都可说对于生命毫无高尚理想可言，目的只在毕业后入银行作事。"熙熙攘攘，皆为利往，挤挤挨挨，皆为利来，利之所在，群集若蛆。"社会研究所的专家，机会一来即向银行跑。习图书馆的，弄考古的，学外国文学的，因为亲戚、朋友、同乡……种种机会，又都挤进银行或相近金融机关作办事员。大部分优秀脑子，都给真正的法币和抽象的法币弄得昏昏的，失去了应有的灵敏与弹性，以及对于"生命"较高的认识。其余无知识的脑子，成天打算些什么，也就可想而知了。云南的云即或再美丽一点，对于多数人还似乎毫无意义可言的。

近两个月来，本市在连续的警报中，城中二十万市民，无一不早早的就跑到郊外去，向天空把一个颈脖昂酸，无一人不看到过几片天空飘动的浮云，仰望结果，不过增加了许多人对于财富得失的忧心罢了。"我的越币下落了"，"我的汽油上涨了"，"我的事业这一年发了五十万财"，"我从公家赚了八万三"，这还是就仅有十几个熟人中说说的。此外说不定还有三五个教授之流，终日除玩牌外无其他娱乐，会想到前一晚上玩麻雀牌输赢事情，聊以解嘲似地自言自语，"我输牌不输理"。这种教授先生当然是不输理的，在警报解除以后，还不妨跑到老同学住处去，再玩个八圈，证明一下输的究竟是什么。一个人若乐意在地下爬，以为是活下来最好的姿势，他人劝说站起来走，或更盼望他挺起脊梁来做个人，当然是不会有什么结果的。

就在这么一个社会一种情形中，卢先生却来展览他在云南的照相，告给我们云南法币以外还有些什么。即以天空的云彩言，色彩单纯的云有多健美，多飘逸，多温柔，多崇高！观众人数多，批评好，正说明只要有人会看云，就从云影中取得一种诗的感兴和热情，还可望将这种尊贵有传染性的感情，转给另外一种人。换言之，就是云南的云即或不能直接教育人，还可望由一个艺术家的心与手，间接来教育人。卢先生照相的兴趣，似乎就在介绍这种美丽感印给多数人，所以作品中对于云物的题材，处理得特别好。每一幅云都有一种不同的性情，流动的美。不纤巧，不做作，不过分修饰，一任自然，心手相印，表现得素朴而亲切。作品成功是必然的。可是得到"赞美"不是艺术家最终的目的，应当还有一点更深的意义。我意思是如果一种可怕的实际主义，正在这个社会各组织各阶层间普遍流行，腐蚀我们多数人做人的良心、做人的理想，且在同时把每一个人都有形无形市侩化。社会中优秀分子一部分，所梦想，所希望，也都只是糊口混日子了事，毫无一种较高的情感，更缺少用这情感去追求一个美丽而伟大的道德原则的勇气时，我们这个民族应当怎么办？大学生读书目的，不是站在柜台边作行员，就是坐在公事房作办事员，脑子都不用，都不想，只要有一碗饭吃就算有了出路。甚至于做政论的，作讲演的，写不高明讽刺文的，习理工的，玩玩文学充文化人的，办党的，信教的，……出路也都是只顾眼前。大众眼前固然都有了出路，这个国家的明天，是不是还有希望可言？

我们如真能够像卢先生那么静观默会天空的云彩，云物的美丽，也许会慢慢的陶冶我们，启发我们，改造我们，使我们习惯于向远景凝眸，不敢堕落，不甘心堕落。我以为这才像是一个艺术家最后的目的。正因为这个民族是在求发展，求生存，战争已经三年。战争虽败北，不气馁，虽死亡万千人民，牺牲无数财富，仍不以为意，就为的是这战争背后还有个庄严伟大的理想，使我们对于忧患之来，在任何情形下都能忍受。我们其所以能忍受，不特是我们要发展，要生存，还要为后来者设想，使他们活在这片土地上，更好一点，更像人一点！我们责任那么严重而且又那么困难，所以不特多数知识分子必然要有一个较坚朴的人生观，拉之向上，推之向前，就是作生意的，也少不了需要那么一分知识，方能够把企业的发展与国家的发展，放在同一目标上，分道并进，异途同归！

举一个浅近的例来说说：我们的眼光注意到"出路""赚钱"以外，若还能够估量到在滇越铁路的另一端，正有多少鬼蜮成性阴险狡诈的木屐儿，圆睁两只鼠眼，安排种种巧计阴谋，在武力与武器无作用地点，预备把劣货倾销到昆明来，且把推销劣货的责任，派给昆明市的大小商家时，就知道学习注意远处，实在是目前一件如何重要的事情！照相必选择地点，取准角度，方可望有较好成就。做人何尝不是一样，明分际，识大体，"有所不为"，敌人虽花样再多，劣货在有经验商家的眼中，总依然看得出，取舍之间是极容易的。若只图发财，见利忘义，"无所不为"，日本货变成国货，改头换面，不过是反手间事！劣货推销仅仅是若干有形事件中之一种。此外各层知识阶级中不争气处，所作所为，实有更甚于此者。

所以我觉得卢先生的摄影，不只是给人看看，还应当给人深思。

五月的青岛

老舍

因为青岛的节气晚，所以樱花照例是在四月下旬才能盛开。樱花一开，青岛的风雾也挡不住草木的生长了。海棠，丁香，桃，梨，苹果，藤萝，杜鹃，都争着开放，墙角路边也都有了嫩绿的叶儿。五月的岛上，到处花香，一清早便听见卖花声。公园里自然无须说了，小蝴蝶花与桂竹香们都在绿草地上用它们的娇艳的颜色结成十字，或绣成几团；那短短的绿树篱上也开着一层白花，似绿枝上挂了一层春雪。就是路上两旁的人家也少不得有些花草：围墙既矮，藤萝往往顺着墙把花穗儿悬在院外，散出一街的香气：那双樱，丁香，都能在墙外看到，双樱的明艳与丁香的素丽，真是足以使人眼明神爽。

山上有了绿色，嫩绿，所以把松柏们比得发黑了一些。谷中不但填满了绿色，而且颇有些野花，有一种似紫荆而色儿略略发蓝的，折来很好插瓶。

青岛的人怎能忘下海呢。不过，说也奇怪，五月的海就仿佛特别的绿，特别的可爱，也许是因为人们心里痛快吧？看一眼路旁的绿叶，再看一眼海，真的，这才明白了什么叫作"春深似海"。绿，鲜绿，浅绿，深绿，黄绿，灰绿，各种的绿色，联接着，交错着，变化着，波动着，一直绿到天边，绿到山脚，绿到渔帆的外边去。风不凉，浪不高，船缓缓的走，燕低低的飞，街上的花香与海上的咸味混到一处，浪漾在空中，水在面前，而绿意无限，可不是，春深似海！欢喜，要狂歌，要跳入水中去，可是只能默默无言，心好象飞到天边上那将将能看到的小岛上去，一闭眼仿佛还看见一些桃花。人面桃花相映红，必定是在那小岛上。

这时候，遇上风与雾便还须穿上棉衣，可是有一天忽然响晴，夹衣就正合适。但无论怎说吧，人们反正都放了心——不会大冷了，不会。妇女们最先知道这个，早早的就穿出利落的新装，而且决定不再脱下去。海岸上，微风吹动少女们的发与衣，何必再去到电影园中找那有画意的景儿呢！这里是初春浅夏的合响，风里带着春寒，而花草山水又似初夏，意在春而景如夏，姑娘们总先走一步，迎上前去，跟花们竞争一下，女性的伟大几乎不是颓废诗人所能明白的。

人似乎随着花草都复活了，学生们特别的忙：换制服，开运动会，到崂山丹山旅行，服劳役。本地的学生忙，别处的学生也来参观，几个，几十，几百，打着旗子来了，又成着队走开，男的，女的，先生，学生，都累得满头是汗，而仍不住的向那大海丢眼。学生以外，该数小孩最快活，笨重的衣服脱去，可以到公园跑跑了；一冬天不见猴子了，现在又带着花生去喂猴子，看鹿。拾花瓣，在草地上打滚；妈妈说了，过几天还有大红樱桃吃呢！

马车都新油饰过，马虽依然清瘦，而车辆体面了许多，好作一夏天的买卖呀。新油过的马车穿过街心，那专作夏天的生意的咖啡馆，酒馆，旅社，饮冰室，也找来油漆匠，扫去灰尘，油饰一新。油漆匠在交手上忙，路旁也增多了由各处来的舞女。预备呀，忙碌呀，都红着眼等着那避暑的外国战舰与各处的阔人。多嗜浴场上有了人影与小艇，生意便比花草还茂盛呀。到那时候，青岛几乎不属于青岛的人了，谁的钱多谁更威风，汽车的眼是不会看山水的。

　　那么，且让我们自己尽量的欣赏五月的青岛吧！

上景山

许地山

无论那一季，登景山，最合宜的时间是在清早或下午三点以后。晴天，眼界可以望到天涯的朦胧处；雨天，可以赏雨脚的长度和电光底迅射；雪天，可以令人咀嚼着无色界的滋味。

在万春亭上坐着，定神看北上门后的马路（从前路在门前，如今路在门后），尽是行人和车马，路边的梓树都已掉了叶子。不错，已经立冬了，今年天气可有点怪，到现在还没冻冰。多谢芰荷的业主把残茎都去掉，教我们能看见紫禁城外护城河的水光还在闪烁着。

神武门上是关闭得严严地。最讨厌是楼前那枝很长的旗竿，侮辱了全个建筑的庄严。门楼两旁树它一对，不成吗？禁城上时时有人在走着，恐怕都是外国的旅人。

皇宫一所一所排列着非常整齐。怎么一个那么不讲纪律的民族，会建筑这么严整的宫庭？我对着一片黄瓦这样想着。不，说不讲纪律未免有点过火，我们可以说这民族是把旧的纪律忘掉，正在找一个新的咧。新的找不着，终久还要回来的。北京房子，皇宫也算在里头，主要的建筑都是向南的，谁也没有这样强迫过建筑者，说非这样修不可。但纪律因为利益所在，在不言中被遵守了。夏天受着解愠的薰风，冬天接着可爱的暖日，只要守着盖房子的法则，这利益是不用争而自来的。所以我们要问在我们的政治社会里有这样的薰风和暖日吗？

最初在崖壁上写大字铭功的是强盗的老师，我眼睛看着神武门上的几个大字，心里想着李斯。皇帝也是强盗的一种，是个白痴强盗。他抢了天下把自己监禁在宫中，把一切实物聚在身边，以为他是富有天下。这样一代过一代，到头来还是被他的糊涂奴仆，或贪婪臣宰，讨，瞒，偷，换，到连性命也不定保得住。这岂不是个白痴强盗？在白痴强盗的下才会产出大盗和小偷来。一个小偷，多少总要有一点跳女墙蹿狗洞的本领，有他的禁忌，有他的信仰和道德。大盗只会利用他的奴性去请托攀缘，自赞赞他，禁忌固然没有，道德更不必提。谁也不能不承认盗贼是寄生人类的一种，但最可杀的是那班为大盗之一的斯文贼。他们不像小偷为延命去营鼠雀的生活；也不像一般的大盗，凭着自己的勇敢去抢天下。所以明火打劫的强盗最恨的是斯文贼。这里我又联想到张献忠。有一次他开科取士，檄诸州举贡生员，后至者妻女充院，本犯剥皮，有司教官斩，连坐十家。诸生到时，他要他们在一丈见方的大黄旗上写个帅字，字画要像斗的粗大，还要一笔写成。一个生员王志道缚草为笔，用大缸贮墨汁将草笔泡在缸里，三天，再取出来写。果然一笔写成了。他以为可以讨献忠的喜欢，谁知献忠说，"他日图我必定是你。"立即把他杀来祭旗。献忠对待念书人是多么痛快。他们知道他们是寄生的寄生。他的使命是来杀他们。

东城西城的天空中，时见一群一群旋飞的鸽子。除去打麻雀，逛窑子，上酒楼以外，这也是一种古典的娱乐。这种娱乐也来得群众化一点。它能在空中发出和悦的响声，翩翩地飞绕着，教人觉得在一个灰白色的冷天，满天乱飞乱叫的老鸹的讨厌。然而在刮大风的时候，若是你有勇气上景山的最高处，看看天安门楼屋脊上的鸦群，噪叫的声音是听不见，它们随风飞扬，直像从什么大树飘下来的败叶，凌乱得有意思。

万春亭周围被挖得东一沟，西一窟。据说是管宫的当局挖来试看煤山是不是个大煤堆，像历来的传说所传的，我心里暗笑信这说的人们。是不是因为北宋亡国的时候，都人在城被围时，拆毁艮狱的建筑木材去充柴火，所以计画建筑北京的人预先堆起一大堆煤，万一都城被围的时，人民可以不拆宫殿。这是笨想头。若是我来计画，最好来一个米山。米在万急的时候，也可以生吃，煤可无论如何吃不得。又有人说景山是太行的最终一峰。这也是瞎说。从西山往东几十里平原，可怎么不偏不颇，在北京城当中出了一座景山？若说北京的建设就是对着景山的子午，为什么不对北海的琼岛？我想景山明是开紫禁城外的护城河所积的土，琼岛也是垒积从北海挖出来的土而成的。

从亭后的栖树缝里远远看见鼓楼。地安门前后的大街，人马默默地走，城市的喧嚣声，一点也听不见。鼓楼是不让正阳门那样雄壮地挺着。它的名字，改了又改，一会是明耻楼，一会又是齐政楼，现在大概又是明耻楼吧。明耻不难，雪耻得努力。只怕市民能明白那耻的还不多，想来是多么可怜。记得前几年"三民主义""帝国主义"这套名词随着北伐军到北平的时候，市民看些篆字标语，好像都明白各人蒙着无上的耻辱，而这耻辱是由于帝国主义的压迫。所以大家也随声附和，唱着打倒和推翻。

从山上下来，崇祯殉国的地方依然是那棵半死的槐树。据说树上原有一条练子锁着，庚子联军入京以后就不见了。现在那枯槁的部分，还有一个大洞，当时的练痕还隐约可以看见。义和团运动的结果，从解放这棵树，发展到解放这民族。这是一件多么可以发人深思的对象呢？山后的柏树发出幽恬的香气，好像是对于这地方的永远供物。

寿皇殿锁闭得严严地，因为谁也不愿意努尔哈赤的种类再做白痴的梦。每年的祭祀不举行了，庄严的神乐再也不能听见，只有从乡间进城来唱秧歌的孩子们，在墙外打的锣鼓，有时还可以送到殿前。

到景山门，回头仰望顶上方才所坐的地方，人都下来了。树上几只很面熟却不认得的鸟在叫着。亭里残破的古佛还坐在结那没人能懂的手印。

敦煌游记

张恨水

敦煌，是中国在海禁未开，通西方的大道。离县城十几公里路，自北魏以来，经过隋唐五代宋元以及清，都把沙石崖上凿了好多佛洞，就叫千佛洞。到敦煌千佛洞去参观，那不是太容易的事。因为千佛洞没有旅馆，没有吃喝，晚上还没有被盖，这些东西，事前都要好好地准备。因为到千佛洞去，经过沙漠，动不动好几十里没有人烟，借也没有地方借去。我们把一切东西，都已准备得很好，因之没有问题。

谈千佛洞先谈外表。我们汽车经过上千里的沙漠，我们左右回顾，全是白茫茫的不毛之地，车轮下面，也是沙漠和鹅卵石子。后来汽车司机说是到了，我们看见有一个山头，也是光秃秃的。可是那沙山突然中断，弯成一个口子。口子里却是白杨罗列，把它变成树林，这就是千佛洞了。

我们由树林穿过，挨着山边走。这就看到山壁上，开了好多洞口，有的山壁上开了极大的敞式洞门。里面塑着很多的佛，还是穿着五色斑斓的法衣。有的洞门悬在半空，修起一股栈道。有的俯伏山底，大门洞开。总而言之，满山壁上，全是洞子，有一公里长哩。

白杨，我们看来，不算稀奇。可是树在这里，便是稀奇之物。这里的白杨，有五六丈高，而且不带旁的树，因为旁的树，越发不易生长了。

这里两边都是小山，中间夹了一条干河，也变成沙漠了。口外自东到西，是一条大沙漠，在千佛洞对过，这山名叫鸣沙山。这里的山，都是积沙，内中藏着鹅卵石。自然，这山上不长树木，也不长草。事倒奇怪，这里凿壁却雕塑许多佛像。还有一事，从前西域僧人，每到傍晚，却见鸣沙山金光万道，就说这里是佛地了。

千佛洞是笼统的一个名词，要论起名之初，那倒真有千余个佛窟。这多年以来，佛窟就屡次倒坏。尤其是明朝，嘉峪关以外，就视同化外，倒坏之处更多。所以到现在，真正的佛洞，只有四百六十九个。这四百多洞子，探纪如下：魏窟三十二个，隋窟九十个，唐窟二百零六个，五代窟三十二个，宋窟一百零三个，西夏窟三个，元窟八个，清窟五个。这么多佛窟，先看哪一个呢？后来决定，先请这里人，带我们先看一个大致，回头就看各人的嗜好，你要对哪个洞子有兴趣，就看哪一个洞子吧。

我们把佛窟看了，这里画的怎么样，以及塑的怎么样，我们自觉程度浅，还谈不到；不过这里有众人必须知道的，我们谈一点。

第一，是三尊大佛。鸣沙山对过有七层屋檐，都是亭台楼阁的模样，你稍微站得远一些看，像真的一样。其实这是嵌在石壁上的，就是屋檐小一点吧。走进洞去，也是很大一间殿宇，可是石壁都没有图画。朝里一些，只看到一件袍子的下角，怎么垂下来，我们还不能望见。挨着袍子边，朝上看去，是洞内凿成七层高的佛窟。这高的窟，就是里边光立着一尊佛像。这佛身披着袈裟，模样十分和气。这是一位释迦牟尼的像，佛像有华尺十丈高（三十三米），除了云冈石佛以外，恐怕也没有其他地方的佛像可以相比吧？洞为盛唐时代所造，总共费了一十三年工夫，可想这是何等伟大。至于身上所披的袈裟，以及衣服里外面，涂饰的颜色，也还半新，这不知是原来的颜色呢，或者是后代重修的，但观看颜料的配合，决计不是近代的。

第二，也是一尊如来佛。出洞往北走，中有一门牌为一三〇号，这大门是封锁了，我们走旁门进去，进去之后，上了盘梯两层，有楼，佛像刚到一半。这里向西开有极大的窗户，凭窗观看，佛像共有二十五米，把以前那种大佛来比，小了一丈多，其余，所制无甚分别，也是盛唐年制。

第三，是一尊卧佛像，在这一列佛窟的尽头，是一个西夏制的佛窟。西夏为拓跋氏。当年割据称帝，宋朝打了好多年仗，总灭不掉他。一度建都横山县，后都宁夏，割有陕西边境、内蒙古自治区、甘肃西北。他建立这样一个洞头，自然要看上一看。

洞在浮沙上，先立了一个庙门。进门，站着几尊神像，都有威武之气。最奇怪的，凡胸上或者手上，都盘弄着或者擒拿着一条蛇，这不晓得是何意义。外有两只狮子，作跳跃状而且昂起头，这越发不解了。观后入洞，洞内，为一张睡榻，两头都不空，上面睡了如来佛。身子有两丈多长。睡容为一手长垂，覆盖着自己左腿之上。一手托着自己的右颔，双目微闭，似睡未睡，这个像塑得很是不坏。身后站立七十二弟子，其像高不过二尺，环立在如来佛身边，都没有快乐样子。

这洞画的供奉人，衣服及鞋帽与汉人有什么分别没有，我本想研究一下。但是壁上像只有尺把高，看起来，男人长衣方巾，女人也是长衣，脑上绾了一个圆髻。洞中又很阴暗，可说一无所得。

　　我们谈完三尊大佛，就对洞子也谈上一谈，当然这不过是百分之一而已。先说北魏的洞子，假如我们为了立刻就看到的话，穿过杨树林，这里有一座古牌坊，上面题了字，曰古汉桥。穿过牌坊去，有坡子，两旁有木栏杆，因为这坡子相当地陡。这里的佛洞，就一个挨着一个，而且上下都是一样，最多的洞子，有上下五层。所以走这坡子，就越过两层佛洞，方才到达我们所要到的佛窟。这才第一次看见北魏窟。这里所谓北魏，不是曹丕的魏，是晋朝已不能守北方，交与魏国。

　　那魏国拓跋氏，建都洛阳，北几省的地盘，差不多都归了他。洞里有几尊佛像，是何时代出品，还不能定。至于壁上画的壁画，那确是魏朝人的手笔。它这画一律是粗线条，眼睛画两个圈圈，嘴上画一撇，这就是眼睛和嘴。但是画得好，画得刚刚就像嘴和眼睛。其余身上有脱赤膊的，也画几根粗线条，将上下一勾，就两条胳膊出现，这个完全以旷野表示。

　　离开这里，两边佛窟都可以相通的。不过佛窟，有大小不同。有大的，有我们屋子四五倍大，照样是雕格玲珑。小的呢，那就只好容一人在里面。因为这是当年供奉人供奉着佛，就打一佛窟，供奉人有的钱多，就打大些，有的钱少，那就小得只容一个人。但是虽然大小不同，供佛都是一样，所以佛的香案上，至少有三尊佛像。我跑了许多洞子，有的低着头，一翻身就是一洞，有的就如同进了庙里一样，十分宽大。

　　我们以朝代而论，先就论到隋朝佛窟。隋佛窟中佛像的衣服，花纹很少，佛像有时呆板一点，不过所画的供奉人，都长袍大袖，那就不是魏佛窟所配的人像，是旷野一流了。而且不但衣服花纹很少，那折纹也少得很。隋朝在中国虽是统一了江南江北，但是年数很短，还没有在艺术上表现特点。

回头就论到唐朝了。唐朝在画上是两个特点，一个是盛唐，一个是晚唐。盛唐画法，只是堂皇富丽，晚唐的画法，却甚细致。本来唐朝佛窟这层也有的，只是求几幅代表作，还是向底下去看，经过了底下靠北几个佛窟，这就到了几个盛唐时代的代表作的洞子。这里有一个佛有半座佛堂那样大，上面有五尊佛像，塑法都十分自然。尤其居中一个，对人嘻嘻地笑。至于所穿衣服，这都有细细的波纹。画人像方面，自然只能代表唐时候的人。男子头戴乌纱，身披着长袍，异常宽大。至于女的头发，都是头上梳一个圆圆的发髻，束在头顶当中，外穿一件半长的长袍子，下面露着裙子尺把多长。这个时候，都是天脚，鞋子前面，一个平头。手里提着香炉，但香炉不是现在的香炉，像个熨衣服的熨斗。提了一只柄，上面还有一个圆盖。至于十三四岁的姑娘，头发左边梳一圆髻，右边梳一根辫子，横过来塞在小圆髻之下。此外，一把遮阳伞，伞的样子，也和五十年前的万民伞差不多，但是它的伞柄不同，就是伞下伞柄约有尺把长，稍微弯弯一曲，那阴处恰盖在前面人的身上。这虽不足代表唐朝的全部，然而这总可以表示一点点吧？

至于五代画，我看到与唐朝尚无分别。到了宋朝，这个佛窟的作风，又是一变。我曾参观许多佛窟，所塑的佛像貌，以及衣服，又觉得稍花一点。但是所塑的像，那精神没有以前的好。所有供奉人都是长袍，要瘦些。唐朝供奉人，大的画得比我们人还高，至于宋朝大的也不过两尺高，小的就几寸高了。

下降元清两代，我匆匆看过一遍，无甚可言。再就佛的画像说，画着的多是佛家故事，都在佛窟两边墙上，这本是极好的故事画，但大半均已模糊。我们细细观看，这里分成舍身喂虎、得道成佛等等。这些故事，尽管是佛出世的事情，但我们可以当作参考资料，了解古来的生活。比如说，我们没有凳椅座位，这画里，就有些比桌椅还矮的桌子，供奉鲜果，这就可以想到古来堂屋是怎样一个模样。又比如说，我们从前牛车马车是怎样的坐法。这画里，画的也有。所画的牛车马车，比桌面还要大，比桌子还要高，人盘了腿坐在上面，这也可以想到我们古来马车是怎样坐法了。所以这些古董虽然还是古董，但翻开历史，比没有参考，那总要好得多。

敦煌要谈的事情是很多，这仅是我草草勾画出的一个轮廓。

翡冷翠山居闲话

徐志摩

在这里出门散步去，上山或是下山，在一个晴好的五月的向晚，正像是去赴一个美的宴会，比如去一果子园，那边每株树上都是满挂着诗情最秀逸的果实，假如你单是站著看还不满意时，只要你一伸手就可以采取，可以恣尝鲜味，足够你性灵的迷醉。阳光正好暖和，决不过暖；风息是温驯的，而且往往因为他是从繁花的山林里吹度过来他带来一股幽远的澹香，连着一息滋润的水气，摩拳著你的颜面，轻绕着你的肩腰，就这单纯的呼吸已是无穷的愉快；空气总是明净的，近谷内不生烟，远山上不起霭，那美秀风景的全部正像画片似的展露在你的眼前，供你闲暇的鉴赏。

作客山中的妙处，尤在你永不须踌躇你的服色与体态；你不妨摇曳著一头的蓬草，不妨纵容你满腮的苔藓；你爱穿什么就穿什么；扮一个牧童，扮一个渔翁，装一个农夫，装一个走江湖的桀卜闪，装一个猎户；你再不必提心整理你的领结，你尽可以不用领结，给你的颈根与胸膛一半日的自由，你可以拿一条这边艳色的长巾包在你的头上，学一个太平军的头目，或是拜伦那埃及装的姿态；但最要紧的是穿上你最旧的旧鞋，别管他模样不佳，他们是顶可爱的好友，他们承着你的体重却不叫你记起你还有一双脚在你的底下。

这样的玩顶好是不要约伴，我竟想严格的取缔，只许你独身；因为有了伴多少总得叫你分心，尤其是年轻的女伴，那是最危险最专制不过的旅伴，你应得躲避她像你躲避青草里一条美丽的花蛇！平常我们从自己家里走到朋友的家里，或是我们执事的地方，那无非是在同一个大牢里从一间狱室移到另一间狱室去，拘束永远跟著我们，自由永远寻不到我们；但在这春夏间美秀的山中或乡间你要是有机会独身闲逛时，那才是你福星高照的时候，那才是你实际领受，亲口尝味，自由与自在的时候，那才是你肉体与灵魂行动一致的时候。朋友们，我们多长一岁年纪往往只是加重我们头上的枷，加紧我们脚胫上的链，我们见小孩子在草里在沙堆里在浅水里打滚作乐，或是看见小猫追他自己的尾巴，何尝没有羡慕的时候，但我们的枷，我们的链永远是制定我们行动的上司！所以只有你单身奔赴大自然的怀抱时，像一个裸体的小孩扑入他母亲的怀抱时，你才知道灵魂的愉快是怎样的，单是活着的快乐是怎样的，单就呼吸单就走道单就张眼看着耸耳听的幸福是怎样的。因此你得严格的为己，极端的自私，只许你，体魄与性灵，与自然同在一个脉搏里跳动，同在一个音波里起伏，同在一个神奇的宇宙里自得。我们浑朴的天真是像含羞草似的娇柔，一经同伴的抵触，他就卷了起来，但在澄静的日光下，和风中，他的姿态是自然的，他的生活是无阻碍的。

你一个人漫游的时候，你就会在青草里坐地仰卧，甚至有时打滚，因为草的和暖的颜色自然的唤起你童稚的活泼；在静僻的道上你就会不自主的狂舞，看着你自己的身影幻出种种诡异的变相，因为道旁树木的阴影在他们迂徐的婆娑里暗示你舞蹈的快乐；你也会得信口的歌唱，偶尔记起断片的音调，与你自己随口的小曲，因为树林中的莺燕告诉你春光是应得赞美的；更不必说你的胸襟自然会跟着曼长的山径开拓，你的心地会看着澄蓝的天空静定，你的思想和著山罅间的水声，山罅里的泉响，有时一澄到底的清澈，有时激起成章的波动，流，流，流入凉爽的橄榄林中，流入妩媚的阿诺河去……

并且你不但不须应伴，每逢这样的游行，你也不必带书。书是理想的伴侣，但你应得带书，是在火车上，在你住处的客室里，不是在你独身漫步的时候。什么伟大的深沉的鼓舞的清明的优美的思想的根源不是可以在风籁中，云彩里，山势与地形的起伏里，花草的颜色与香息里寻得？自然是最伟大的一部书，葛德说，在他每一页的字句里我们读得最深奥的消息。并且这书上的文字是人人懂得的；阿尔帕斯与五老峰，雪西里与普陀山，莱因河与扬子江，梨梦湖与西子湖，建兰与琼花，杭州西溪的芦雪与威尼市夕照的红潮，百灵与夜莺，更不提一般黄的黄麦，一般紫的紫藤，一般青的青草同在大地上生长，同在和风中波动——他们应用的符号是永远一致的，他们的意义是永远明显的，只要你自己性灵上不长疮瘢，眼不盲，耳不塞，这无形迹的最高等教育便永远是你的名分，这不取费的最珍贵的补剂便永远供你的受用；只要你认识了这一部书，你在这世界上寂寞时便不寂寞，穷困时不穷困，苦恼时有安慰，挫折时有鼓励，软弱时有督责，迷失时有南针。

花香雾气中的梦

许地山

在覆茅涂泥的山居里，那阻不住的花香和雾气从疏帘窜进来，直扑到一对梦人身上。妻子把丈夫摇醒，说："快起罢，我们的被褥快湿透了。怪不得我总觉得冷，原来太阳被囚在浓雾的监狱里不能出来。"

那梦中的男子，心里自有他的温暖，身外的冷与不冷他毫不介意。他没有睁开眼睛便说，"暖呀，好香！许是你桌上的素馨露洒了罢？"

"哪里？你还在梦中哪。你且睁眼看帘外的光景。"

他果然揉了眼睛，拥着被坐起来，对妻子说："怪不得我净梦见一群女子在微雨中游戏。若是你不叫醒我，我还要往下梦哪。"

妻子也拥着她的绒被坐起来说，"我也有梦。"

"快说给我听。"

"我梦见把你丢了。我自己一人在这山中遍处找寻你，怎么也找不着。我越过山后，只见一个美丽的女郎挽着一篮珠子向各树的花叶上头乱撒。我上前去向她问你的下落，她笑着问我：'他是谁，找他干什么？'我当然回答，他是我的丈夫，——"

"原来你在梦中也记得他！"他笑着说这话，那双眼睛还显出很滑稽的样子。

妻子不喜欢了。她转过脸背着丈夫说："你说什么话！你老是要挑剔人家的话语，我不往下说了。她推开绒被，随即呼唤丫头预备脸水。

丈夫速把她揪住，央求说："好人，我再不敢了。你往下说罢。以后若再饶舌，情愿挨罚。"

"谁希罕罚你？"妻子把这次的和平画押了。她往下说，"那女人对我说，你在山前柚花林里藏着。我那时又像把你忘了。……"

"哦，你又……不，我应许过不再说什么的；不然，就要挨罚了。你到底找着我没有？"

"我没有向前走，只站在一边看她撒珠子。说来也很奇怪：那些珠子粘在各花叶上都变成五彩的零露，连我的身体也沾满面。我忍不住，就问那女郎。女郎说："东西还是一样，没有变化，因为你的心思前后不同，所以觉得变了。你认为珠子，是在我撒手之前，因为你想我这篮子决不能盛得露水。你认为露珠时，在我撒手之后，因为你想那些花叶不能留住珠子。我告诉你：你所认的不在东西，乃在使用东西的人和时间；你所爱的，不在体质，乃在体质所表的情。你怎样爱月呢？是爱那悬在空中已经老死的暗球么？你怎样爱雪呢？是爱他那种砭人肌骨的凛冽么？"

"她说到雪，我打了一个寒噤，便醒起来了。"

丈夫说："到底没有找着我。"

妻子一把抓住他的头发，笑说："这不是找着了吗？……我说，这梦怎样？"

"凡你所梦都是好的。那女郎的话也是不错。我们最愉快的时候岂不是在接吻后，彼此的凝视吗？"他向妻子痴笑，妻子把绒被拿起来，盖在他头上，说："恶鬼！这会可不让你有第二次的凝视了。"

新生活

胡适

哪样的生活可以叫做新生活呢?

我想来想去,只有一句话。新生活就是有意思的生活。

你听了,必定要问我,有意思的生活又是什么样子的生活呢?

我且先说一两件实在的事情做个样子,你就明白我的意思了。前天你没有事做,闲的不耐烦了,你跑到街上一个小酒店里,打了四两白干,喝完了,又要四两,再添上四两。喝的大醉了,同张大哥吵了一回嘴,几乎打起架来。后来李四哥来把你拉开,你气忿忿的又要了四两白干,喝的人事不知,幸亏李四哥把你扶回去睡了。昨儿早上,你酒醒了,大嫂子把前天的事告诉你,你懊悔的很,自己埋怨自己:"昨儿为什么要喝那么多酒呢?可不是糊涂吗?"

你赶上张大哥家去,作了许多揖,赔了许多不是,自己怪自己糊涂,请张大哥大量包涵。正说时,李四哥也来了,王三哥来了。他们三缺一,要你陪他们打牌。你坐下来,打了十二圈,输了一百多吊钱。你回得家来,大嫂子怪你不该赌博,你又懊悔的很,自己怪自己道:"是呵,我为什么要陪他们打牌呢?可不是糊涂吗?"

诸位,像这样子的生活,叫做糊涂生活,糊涂生活便是没有意思的生活。你做完了这种生活，回头一想，"我为什么要这样干呢？"

你自己也答不出究竟为什么。

诸位，凡是自己说不出"为什么这样做"的事，都是没有意思的生活。

反过来说，凡是自己说得出"为什么这样做"的事，都可以说是有意思的生活。

生活的"为什么"，就是生活的意思。

人同畜生的分别，就在这个"为什么"上。你到万牲园里去看那白熊一天到晚摆来摆去不肯歇，那就是没有意思的生活。我们做了人，应该不要学那些畜生的生活。畜生的生活只是胡混，只是不晓得自己为什么如此做。一个人做的事应该件件事答得出一个"为什么"。

我为什么要干这个？为什么不干那个？回答得出，方才可算是一个人的生活。

我们希望中国人都能过这种有意思的新生活。其实这种新生活并不十分难，只消时时刻刻问自己为什么这样做，为什么不那样做，就可以渐渐的过到我们所说的新生活了。

诸位，千万不要说"为什么"这三个字是很容易的小事。你打今天起，每做一件事，便问一个为什么，——为什么不把辫子剪了？为什么不把大姑娘的小脚放了？为什么大嫂子脸上搽那么多的脂粉？为什么出棺材要用那么多叫化子？为什么娶媳妇也要用那么多叫化子？为什么骂人要骂他的爹妈？为什么这个？为什么那个？——你试办一两天，你就会觉得这三个字的趣味真是无穷无尽，这三个字的功用也无穷无尽。

诸位，我们恭恭敬敬的请你们来试试这种新生活。

生活来来往往，来日并不方长！

愿此生我们都能：拼过命，尽过兴，不负岁月。

愿，所有的爱，都还来得及！

愿，所有的等待，都不被辜负！